転がる珠玉のように

ブレイディみかこ

Like a Rolling Gem

Mikako Brady

中央公論新社

目次

転がる珠玉のように

珠玉の世界

クリスマスに息子からTシャツをプレゼントされた。目が覚めるような真っ赤なTシャツで、左の胸のあたりに黒い文字で小さなロゴが入っている。いや、ロゴというよりはスローガンだろうか。でも、何かを訴えるスローガンというより、誰かの独りごとか愚痴のようにも読める。

Life is rocky when you're a gem.

rocky……、それは岩だらけで平坦でなく、つまり困難や障害が多いという意味だ。確かにわたしの人生を言い当てていないこともない。しかし、むしろ気になったのは後半の gem である。

というのも、わたしはこれまでの人生で何度もこの言葉を人様に贈られてきたからだ。英国では、何かの仕事をやめるたび（わたしは数えきれないほどそうしてきたが）、リーヴィング・カードを貰う。バースデー・カードやクリスマス・カードのような形態のものに、同僚や上司なんかが「元気でね」とか「寂しくなります」とか書き込んだものである。で、わたしがそのようなカードを貰うたびに必ず書かれていたのが「あなたはうちの事務所の gem でした」とか「あなたは本物の gem だった」という言葉だ。

gem みたいな人間ってどういう意味だ？ と不思議に思った。

gem は gemstone（宝石）の短縮形だ。ということは、宝石みたいな人？ いや、わたしはそんな輝かしい人物とは真逆の地味キャラである。ということは、皮肉？ 英国人特有のブラック・ユーモアか？ 最後の最後まで人をこんなジョークでいたぶろうとはいい根性である、と呆れて同僚の名前を見ると、あんまりそういうことをしそうな人たちではない。

すっきりせずに英和辞典をめくると、gem の訳が「珠玉」になっていた。えっ。ということは、わたしは「珠玉の事務員」や「珠玉の厨房さん」だったのか？ しかしわたしは、ころ温まる請求書を送付して取引先をほっこりさせた覚えも、落涙必至のうどんヌードルを作った覚えもない。

そもそも、宝石を意味する単語には jewel というのもあって、こちらは優れた人物を表す言葉としても使われる。jewel と gem の違いって何なんだろう。という疑問に導かれてケンブリッジ英英辞典を引いてみると、わりと納得できる定義が書かれていた。

jewelは「価値ある物体を飾るために使われる宝石」で、gemは「宝石、特にある特定の規則的な形状にカットされたとき」。ということは、後者はまだカットされてない原石も含んでいる。つまり、gemとは、一見すると宝石とはわからない石ころの状態のこともあるわけで、輝かしく華やかなものにはとても見えない土まみれのものもあっていいのだ。

ここでようやくリーヴィング・カードの意味がわかってきた。あなたは目立たない石ころみたいな人だけど、時々いぶし銀のように渋く輝くことがある、きちんとカットされて磨かれたら宝石にだってなり得る人ですよ、と言われていたのかもしれないなと思って、なかなかいい言葉じゃないかと考えるようになった。だから、自分が誰かのリーヴィング・カードを書く立場になるときにも、ぜひ書き込んでみたいと思ってきたのだが、しかし自分がその言葉を贈られ過ぎたせいか、つい自分自身の姿を思い浮かべてしまい、「あなたはもっさりとした石ころみたいな人ですよ」と言っているようで、やっぱやめとこうとなってしまう。

余談ながら、日本語の「珠玉」についても面白い記事を見つけた。『朝日新聞デジタル』の「クイズ語エ門　珠玉の……と褒めていいのは?」という記事によれば、「珠玉」という言葉は大きなものや堂々としたものを褒めるときには使えないそうだ。だから「珠玉の大作」という用法はNGで、「珠玉のメロディー」はOKなのだという。褒められる対象が「小さい」ことがポイントだそうで、分厚い長編小説を「珠玉の一編」とは呼べないらしい。

つまり、大きかったり華やかだったりするものは「珠玉」になれないのだ。確かに、英国のオフィスや厨房や保育園などで働くわたしの姿は、英国人の同僚に比べるとフィジカルにも小柄であった。英語のgemと日本語の「珠玉」が百パーセント意味を共有していないとしても、この点もすみやかに納得がいく。

Life is rocky when you're a gem.

そりゃ本人がgemだったら、ライフが山あり谷ありになるのは当然だろう。泥だらけの小石は、勢いよく山道を転がることができるから。

などと長々とぼやいてきたが、実際にはgemというのは「いい人」ぐらいの意味で、とくに目立たない人を褒めるときに便利な言葉だ。この言葉をリーヴィング・カードに書かれている人は多いものである。つまり、世の中は珠玉だらけってわけ。世界は珠玉でできている。

バンク爺《じい》

うちの親父は肉体労働者である。もともとは左官業者だが、だんだんそれだけでは食えなくなって、ユンボの免許を取ったりして建設業をやるようになった。

商売はめっぽう下手で騙されやすかったけれども、娘のわたしが言うのも何だが腕だけは良かった。いわゆる職人肌、というやつだ。もともと手先が器用で物を作ることが好きなので、お客さんに頼まれて庭に鶴の置物とかを作ったこともあった。本格的な漆喰《しっくい》の壁なんてのも、いまどき材料からきっちり作って塗れる職人はレアだそうで、どこかのお城の補修工事だの、古い農家や商家の倉庫の外壁工事だのがあると、いまでも親父に連絡が来る。しかし、本人はさすがにもう年なので、「やっぱ俺もさすがに80歳が目の前やし、脚立から落ちるかもしれんけんな」と言って断っている。

とは言え、長年の職人生活で培われた腕が疼《うず》くらしい。昨年、奇妙なことを言い出した。

うちの息子と親父は仲良しなので、定期的にスカイプでビデオ通話をしている。と言っても息子は日本語をしゃべれないし、親父は英語をしゃべれないので、わたしが二人の間で通訳をする羽目になるのだが、ある日、親父が唐突にこんなことを言った。

「じいちゃん、バンクシー」

うちの息子は「じいちゃん」という日本語の意味はわかるし、「バンクシー」は著名な英国の落書きアーティストの名前だ。だから、

「What? Grandad, Banksy????」

と言って当惑した表情でわたしを見ている。わたしにもこのミステリアスな言葉の意味がわからず、親父に聞きなおした。

「父ちゃん、いま、もしかして、バンクシーって言った?」

とわたしが尋ねると、

「うん。じいちゃん、バンクシー」

と親父はにこにこしながら自分の顔を人差し指でさしている。

「は?」

とこちらが困惑している間にも親父は炬燵《こたつ》から立ち上がり、(数年前にスカイプ用としてわたしが実家に置いてきた) タブレットを持って歩き出し、ガラガラと玄関の引き戸を開けた。

そして車庫のほうに歩いて行って、タブレットのカメラで車庫の壁を映し出す。

「Wooow!」

「ううっ！」

息子とわたしは同時に声をあげていた。

そこには巨大なミッキーマウスの落書きがあったからだ。いや、ミッキーだけではない。親父がカメラを引いて全体を映し出すと、ミニーもいるし、くまのプーさんや彼らの仲間らしいよく知らないディズニーのキャラたちがいる。

「すごい落書き。ほんとバンクシーやん」

わたしたちが大うけして笑っていると、親父が言った。

「これ、落書きやなかとよ」

親父が壁にタブレットを近づけると、確かにそれは2Dの作品ではなかった。凹凸があって、彫刻みたいでもある。

「これは鏝絵《こてえ》たい」

と親父が自慢げに言うので、急いでスマホで鏝絵の意味を調べた。「こて絵（こてえ、鏝絵）とは、日本で発展した漆喰を用いて作られるレリーフのことである。左官職人がこて（左官ごて）で仕上げていくことから名がついた。題材は福を招く物語、花鳥風月が中心であり、着色された漆喰を用いて極彩色で表現される」とウィキペディアに書かれている。

ミッキーマウスやくまのプーさんが「花鳥風月」に含まれるとは考えづらいが、いちおう、「福を招く物語」という定型は踏襲しているようで、ミッキーやプーさんなどの動物たちが崖の下に落ちないように手を繫いで細い丸太橋を渡っている絵柄は、人々が互いを気遣い、助け合ってコロナ禍を無事に乗り切る、というストーリー設定が親父の中にあるようだ。

「じいちゃん、グレイト！」

息子はディズニーのキャラで喜ぶ年齢はとうに過ぎているのだが、親父を褒め称えた。そしてスカイプのたびに褒めるものだから、バンクシーならぬバンク爺の鏝絵は増殖を続けており、柴犬、糸島の二見ヶ浦の夫婦岩、ゴジラ、竜、パンダと、壁一面に広がり続けている。

いまでは車庫の2階の倉庫の壁まで鏝絵がひしめき合っていて、遠くから見て「なんだあれは」と驚いて来る人々もあり、近所の保育園からは1回につき5、6人ずつの園児グループを連れて保育士さんたちが見学に来るらしい。

「コロナが収まってまた日本に来られるようになったら、じいちゃんが鏝絵を教えるけんな」

「イエス！　プリーズ！」

と言い合っている祖父と孫だが、コロナは一向に収まる気配がなく、再会はいつになることやら。鏝絵を作るスペースのほうが先に壁からなくなりそうだ。

君の名は。

少し前、社会学者の岸政彦さんの『にがにが日記』を読んでいると、一緒に住んでいる犬や猫の名前を人間が勝手に変えてしまうという例が書かれていた。例えば、岸さんの同居猫は「おはぎ」という名前なのに、「おは」と呼ばれるようになって、それが「おぴ」になり、「おぴる」「おぴるばん」と、もはや原形をとどめない呼び名になっているという。

しかしこれ、犬や猫だけのことではない。人間もそうだ。このわたしにしろ、「ミカコ」なので「ミッキー」と呼ばれるようになり、それが「ミック」になって、いつしかうちの連合い（なぜ「れ」抜き表記に拘るのかはまた別の機会に）などは「M」と呼んでいる。しかし、「M」は「ミカコ」のイニシャルなので原形をとどめていないこともない。単なる短縮形である。ということは、原形をとどめなくなるほど名前を変格活用してしまうのは、日本人特有の癖なのだろうか。そういえば、ある日本人のママ友がいて、彼女の小学生の息子はロバートというのだが、イタリアのサッカーリーグが大好きなので自分のことを「ロベルト」と呼べと言い出したらしい。しかし、それがいつの間にか「ベルート」になり、「ベルーニョ」「ニョーニョ」「にょんにょん」になっていた。「ロバート」から「にょんにょん」では、もはや活用変化の糸口すらわからない。

英国の人たちがあまりこのように大胆な名前の変格活用をせず、愛称といっても名前の短縮形ぐらいにとどめておくのは「ネームコーリングをしてはいけません」と言われて育つからかもしれない。ネームコーリングとは、誰かに名前以外の呼び名をつけ、中傷することだ。肌や髪の色、体の大きさ、かけっこが遅いとかオムツをしているとか、そういうことを表す言葉を誰かの呼び名にしてお友だちをからかったりしてはいけませんよ、とわたしも保育士時代に繰り返し子どもたちに言ったものだった。しかし、一人だけネームコーリングの概念に懐疑的な4歳児がいた。

ジョージというその男児は、何ごともディープに思索するタイプで、時おり大人が当惑するような正論をぶつけてくるのだったが、ネームコーリングにとりわけ関心を抱き、「これは君たちが教えているほど単純な問題ではないのだよ」と言いたげな目をして鋭い見解を示すのだった。

まず、英国の保育士は子どもたちに語りかけるとき、つい「いい子だね、ハニー」と言ったり、何かを頼むときに「そこの絵本を取ってくれる？　ラヴ」とか言ったりするのだが、ジョージにはこれが許容できなかった。

「俺はジョージだ。ハニーじゃない。ネームコーリングはやめろ」

いや、だけど、ハニーやラヴは別に他人を中傷している言葉じゃないから、と言いたくなったが、もしかしたらジョージはかわいいものを表現する言葉や親しみをこめた表現で呼ばれることが大嫌いで、馴れ馴れしくされると軽蔑された気分になるタイプかもしれない。そういう大人は確かにいる。幼児にだっていないとは限らない。そう考えるとこちらに非があると思えてきて、

「す、すみません」

と謝罪するしかないのだった。

もっと困ったのは彼の行いを褒めるときである。

「You are kind.（親切だね）」

「You are brave.（勇気があるね）」

というような言葉で彼の善行を讃えると、彼は言った。

「俺の名前はカインドではない」

「ブレイヴなんて俺を呼ぶな。俺にはちゃんと名前がある」

いや、だから、カインドとブレイヴはそもそも人や物の性質を述べる形容詞であって、「ネーム」ではない。「You are George.」と「You are brave.」は一見すると同じ文章の構造だが、文法的には微妙に違って……、などということを4歳児に解説してもしょうがない。でも、人間の特徴や性質をあげつらって他人のことをとやかく言ってはいけないと教えてきた以上、形容詞だの名詞だのというのは些細な事柄には違いない。それに、カインドという表現にしても、行き過ぎるとおせっかいでウザい人になることもあるし、ブレイヴにしても、考えなしに物事をやる無謀な人という皮肉にもなり得る。一般的には褒め言葉なんだからいいじゃないか、というのは大人の傲慢な決めつけではないかとも思えてきて、

「す、すみません」

とやっぱり伏し目がちに謝りたくなってしまうのだった。

世を憂える哲学者のような目をしたあの4歳児も、もう中学生になっているはずだ。こんなことを言うとまた叱られるかもしれないが、カインドでブレイヴでネームコーリングをしないティーンに育っていてくれたらいいと元担当保育士は切に願っている。

ロックダウン鬱と終わりの始まり

今回のロックダウンはさすがにまずい。何がまずいって、これを書いている時点で2ヵ月半続いている3度目のロックダウンでは、これまでにないほどメンタルが落ちている。

昨秋のロックダウンは4週間限定だったのでトンネルの先に灯が見えていた。春から夏にかけてのときは延々と長引いたが、天気が良くて暖かく、どこかユートピアみたいだった。が、冬の英国なんてはっきり言って陰気がデフォルトだ。来る日も来る日も暗くて寒い。こうして気分の下げ幅に下方修正が入り続け、下げ止まりの兆しが一向に見えないのである（ああもう、一文に何回「下」という字を使っているのだ、わたしは）。

日本の人々には本物のロックダウンのつらみは伝わりにくい。おそらく、わたしの担当編集者のみなさんも、原稿遅延の言い訳ぐらいにしか思ってないだろう。

しかし、まず、何が困るって、ふだんわたしは原稿の推敲という作業を図書館やカフェで行う。家は書く場所、推敲は外で、というシステムが出来上がっているのだ。ところが図書館もカフェも閉まっているので作業の場がない。調子が出ない。わたしはもうダメだダメだダメだ、と昼間っから酒を飲みたくなってしまう。

いい年をしてこのような破壊的衝動を抱くのも愚かなので、公園のベンチで推敲を試みることにした。だが、めちゃくちゃ寒くて手がかじかんでしまい、手袋をしたらページがめくれなくなるし、と懊悩《おうのう》している間にも見回りのポリスが近づいてきて、

「ここで何をしているのですか」

と聞いてくる。そういえば、昨夏までのロックダウンでは、公園にじっと座っていただけで罰金を科された人がいたということを思い出し、

「日光浴ではありません」

と、とっさに答えた。

「そりゃわかりますよ、曇ってますから」

ソーシャルディスタンスを保った場所からポリスが言う。

「散歩していたら同僚から電話がかかってきて質問を受けたので、書類を出してチェックしてたんです」

われながらスラスラとうまいことが言えた。が、余裕で微笑していると30代ぐらいの女性

のポリスが聞いてきた。

「仕事の書類と一緒に散歩していたんですか？」

「え」

そうか。ロックダウン中に許されているのは、エクササイズ目的の外出のみである。仕事の書類を持って散歩していた、というのは実に不自然だ。しくじったか。

「い、いや、あのー、偶然にジャケットのポケットに入ってて。ははは。でも、じっとベンチに座ったりするのはルール上ダメだってわかってますよ。だから、ちょっとだけチェックして、また歩き始めるつもりでした、あはは」

卑屈に笑いながらしどろもどろに言い訳していると、突如として獰猛《どうもう》な怒りが込み上げてきた。

いったいなんで公園に座って仕事しちゃいけないんだよ。だいたいここは公共の場だし、ソーシャルディスタンスどころか人っこ一人歩いてないじゃねえか。そもそも、行くところがないからこういう寂しい場所にぽつねんといるのであって、こっちだって好きこのんで凍える戸外で鼻水たらして仕事してるわけじゃないんだよ。なのに、どうしてベンチに座ってるだけで警察に怒られないといけないんだ、いったいどうなっちまったんだよ、世の中は。口に出せない言葉たちが脳内でどんどん増殖し、気づいたらわたしはぼろぼろ涙を流していた。やばい。これは巷《ちまた》に言うロックダウン鬱《うつ》なのでは、と自分で自分に驚き、とりあえずゆっくり深呼吸することにした。

そんなわたしを見ていたポリスの女性が言った。

「大丈夫、心配しないで。もうパンデミックの終わりは始まっています」

彼女はわたしの目を見て続けた。

「あなたに声をかけたのは、人通りのない場所に女性が一人で座っているのはよくないと思ったからです。何かあってからでは遅いから」

あ、と思った。ロンドンで公園を突っ切って帰宅中の女性が殺害され、大きく報道されていたからだ。これを受けて女性に対する暴力反対の運動が立ち上がり、いい加減に女性が安全に外出できる社会にしましょうという声が広がっている。逮捕された男性が現職のポリスだったのでスキャンダルになっているが、彼女のような女性もまたポリスなのだ。

「ありがとうございます」

思わずわたしは礼を言った。一緒にパトロールしていたらしい男性のポリスが遅れて近づいてきたので、

「気をつけて」

と言い残し、彼女は同僚と肩を並べて歩き去っていった。

わたしもベンチから立ち上がり、少し遅れて彼らの後ろを歩き始めた。ほんとうに、いろんなことの終わりが始まっているといいと思いながら。

足が痒い

「itchy feet」という言葉がある。直訳すれば「痒《かゆ》い足」だが、今いる場所を離れてどこかに行きたい、旅をしたい、という衝動を表現する言葉としても使われる。

時節柄、世界には「痒い足」に悩まされている人々がたくさんいるはずだ。わたしなどもその一人であり、もう掻《か》いて掻いて掻きむしりたくなるほど、昨年から足が痒い。

そしてこれがまた、気候がだんだん暖かくなる季節には水虫と一緒で痒みがいっそう強くなる。そろそろ南の島でビールを飲みながら本が読みたいなとか、地中海で魚介類を堪能しながらワインを飲みたいわとか、頭の中にわんわん妄想が湧いてきて、もはや足の痒みどころか痛みすら感じている今日この頃だが、このあいだ英国の作家、カズオ・イシグロが、インタビューでこんなことを言っているのを読んだ。

「私は最近妻とよく、地域を超える『横の旅行』ではなく、同じ通りに住んでいる人がどういう人かをもっと深く知る『縦の旅行』が私たちには必要なのではないか、と話しています。自分の近くに住んでいる人でさえ、私とはまったく違う世界に住んでいることがあり、そういう人たちのことこそ知るべきなのです」（2021年3月4日付『カズオ・イシグロ語る「感情優先社会」の危うさ』）

『東洋経済オンライン』のインタビューで、イシグロが言っているのはこういうことである。著名作家である彼は、東京やパリやロサンゼルスと世界中を飛び回っているとはいえ、結局はどこに行っても自分と同じような知識人たちとしか交流していない。だからグローバルに活躍しているように見えて、実は狭い世界しか知らないのである。自分とはまったく違う経歴や経験を持つ人が何を考えているかを知りたければ、海外に行くより、同じストリートに住んでいる人たちと話したほうがいい。これからはそういう「縦の旅行」が他者理解のために重要になる、と言っているのだ。

「縦」という言葉から「階級」や「社会的階層」を連想する人も多いだろうが、英国の場合、それだけではない。わたしたちのストリートには、実に多種多様な国から来た人々が住んでいるのだ。

イシグロのような作家でなく、わたしたちのような一般庶民にしても、ホリデーで海外旅行をするときに行く国はたいてい決まっている。スペインやギリシャなんかの、リゾートとして知られた土地である。だから、現地に着いてみれば結局は英国から来た人々が観光客向けのブリティッシュ・パブでビールを飲んでいたり、カラオケでオアシスやコールドプレイの曲を歌っていたりするのである。それでは物理的に旅をしていたとしても、英国にいるのとちっとも変わらない。

それならいっそ英国のふつうのストリートのほうが、ガーナやナイジェリアやバングラデシュなど行ったことのない国の、聞いたこともない地域から来た人々で溢れていて、よっぽど国際的である。そう、なにしろ、うちのストリートも、20年前では考えられなかったほどインターナショナルになっているのだ。

そう思えば、イシグロ式のストリートの旅は、このコロナ禍に一条の光を与えるアイディアかもしれない。

例えば、うちの3軒先には香港出身の女性が住んでいて、めっちゃ料理がうまい。手作りの小籠包《ショーロンポー》をお裾分けしてもらったときには思わず「うんめー」と日本語で叫んだぐらいだ。その数軒先にはトルコ出身の家族が住んでいて、お父さんはケバブ屋で働いているので、本格ケバブを焼いてもらって、斜め向かいに住んでいるモロッコ出身のママ友にはタジン鍋とかクスクスを作ってもらうのもいい。みんなで食べ物を持ち寄り、足の痒み解消のための国際メシ会をすればいいのだ。そうなると、やっぱり日本出身のわたしはスシを握れとか言われるだろうが、それはちょっと難しいから、いつものように手巻き寿司で誤魔化すことにして、と久しぶりにワクワクしながら息子にこの素晴らしい計画を明かし、日本食料品店のサイトで海苔を注文しようとしていると、冷静な声で息子が言った。

「でも、屋内で自分の同居人以外の人たちと会うのはまだ許されてないよ。ようやく屋外で、2世帯限定で6人までの集まりが許されるようになったところなのに、無理でしょ、そんなメシ会」

そうだった。われわれは近所の人と集まることさえ許されていないのだった。

イシグロさん、わたしたちは「横の旅」どころか、「縦の旅」すらできません。

また振り出しに戻ってパソコンの前でがっくりうなだれているわたしの足は、再び痒みを取り戻し、窓からはさんさんと春の日差しが降り注いでいた。

オンライン面談に気をつけろ

　コロナ禍になってから、他者とパソコンやスマホのスクリーン越しに会うことが常態化した。息子の学校でも、年に1度の各教科担当教員との保護者面談をオンラインで行った。これはリアルで行われるときには大変忙しいイベントだ。教科ごとに違う先生との5分間の面談の予約をネットで入れる。例えば、午後4時に数学の先生の予約を入れて、4時5分に歴史の先生と会って……、というふうに手動で行うこともできるが、けっこう面倒なので、会いたい先生たちを選んでクリックすると、できるだけ短時間になるよう（つまり次の先生に移るときの待ち時間がないよう）ソフトウェアが自動予約してくれる。

　リアルで行われるときは、会場は学校のホールといくつかの教室だ。そこにずらりと机を並べて先生たちが椅子に座っていて、保護者が先生の間を移動する。で、同じホールや教室内に次の先生がいると楽だが、そうでない場合にはぜえぜえ言って走りながら教室やホールの間を移動する。この苦労を体験すると、多くの保護者たちは切れ目なく予約を入れてしまうソフトウェア任せにせず、各先生の間に5分とか10分の余裕を持たせるように自分で予約するようになる。そうなると、5、6人の会いたい先生がいる場合、どうかすると1時間半から2時間かかったりする。さらに、面談というものは遅れがちなので、1人の保護者との面談が2分長引いたとして、10人目の保護者のときには20分もの遅れが生じていることもざらだ。

しかし、今回の面談では、そのような不都合はいっさい生じなかった。オンラインなので、移動する必要がないからだ。さらに、5分たったら画面が強制的に切り替わるので面談が遅延することもない。だから、いつもより多めの先生たちと会うことにして、自動で予約を入れてもらった。

当日、1人目の先生との予約時間にパソコンの前に座ると、

「ハロー」

と言って国語の先生が現れた。

お。と思った。背景が先生の自宅だったからだ。てっきり学校からやるのかと思っていたが、考えてみれば、大勢の先生たちが一斉に学校で面談を始めたら、ネット接続も切れ切れになるだろう。

しかし、びっくりしたのは、ふだんの服装やヘアスタイルなどは非常にコンサバな印象の国語の先生が、コンクリート打ちっぱなしみたいな壁に英国ロックの名盤アルバムのポスターを張り、革のソファにヒョウ柄のクッションを置いたりして、やけにファンキーな部屋に座っていたことだ。

国語の先生だけではない。学校が使っているシステムは、Ｚｏｏｍのように背景選択ができないらしく、マッチョで厳しいことで知られている男性教員の背景にパステルピンクのひらひらのカーテンが揺れていたり、白髪の初老の女性教員の部屋がオレンジの水玉の壁紙で、カラフルな1950年代風のアンティーク家具が置かれてやけにキュートだったり、知られざる先生たちの一面を見た気になった。

そうなると妙に親近感が湧いて、「そのボウイのアルバムのポスター、超レアなやつですよね」とか「オレンジの水玉の壁紙ってどこに行ったら買えるんですか?」とかつい言ってしまい、先生たちも乗ってきて雑談をしている間に時が過ぎ、スクリーンの真ん中にカウントダウンの数字が現れる。

「5、4、3、2、1、0」

点滅する数字の背後で手を振っている先生たちの姿が見え、

「お話しできてよかったです」

「それでは、またお会いしましょう」

という声とともにブツッと映像が切れ、次の先生の顔がスクリーンに現れる。

すべての面談が終わった時間に、息子がおずおずと部屋に入って来て尋ねた。

「僕のこと、先生たち、なんて言ってた？」

「え」

そう言えばそういう話にならなかった、あなたの話は全然してない。とは言えないので、

「いい子だって言ってたよ。問題ないって」

と無難に答えた。しかし、息子はなぜかがっくりと肩を落としている。

「なんか僕って、ほんとに特徴のない、面白くないやつだよね」

い、いや、そんなことはない、例えばあの先生が……、と言ってやりたい気持ちは山々なのだが、先生たちから聞いた話といえば、むかし好きだったバンドのことや手作りのクッションがかわいい店の情報で、息子を慰めたくとも、その材料が出てこないのだった。

オンライン保護者面談には、思わぬ地雷が潜んでいる。

ある雑談

今年初めて美容院に行った。3度目のロックダウンがようやく終了したので、何ヵ月も伸びっぱなしで収拾がつかなくなった髪をゴムで縛り美容院に行くと、いつもの美容師のお兄さんが疲れ切った顔をして待っていた。

「めっちゃ忙しい。ずっと家にいて鬱になりそうだった時期とのギャップが凄すぎる」

鏡の前に座ると、彼はそう言ってため息をつく。

「ああ、それわかる。わたしも今回はマジでつらかった。鬱の兆候あったもん」

「これで最後にしてもらわないと、僕ら、もうもたないよね」

「ほんとにそうだよ。わたしたち、死なないために生きてるわけじゃないもん」

「どのお客さんも、今回ばかりはもう二度と嫌だって言ってる。またやったとしても、もう誰も従わないいんじゃない？」

「みんなメンタルやられちゃうよね。休校中、息子の学校からもメンタルヘルスのZoomセミナーのお知らせが何通も来た」

「摂食障害とか増えてるんだってね」

「そう。家にいるとつい食べちゃうでしょ。それで体重を気にして無理に吐いたりして摂食障害になる子が増えているみたい」

美容師は真顔になって鏡の中のわたしの目を見て言った。

「大人だって大変だよ。うちのお客さんでも、パリッとダンディだった人が、ロックダウン明けに髪を切りに来たんだけど、ペットボトルにワインが入ってて……」

「ええっ。それ、持ってきたの？」

「うん。彼、劇場関係者なんだよ。あの業界はずっと仕事ができないし、そのうえ去年、父親が亡くなったって言ってたから」

「それはつらい……」

「店が再開して以来、人が死んだ話をよく聞くんだよね。親族や知人が亡くなったっていうお客さんが、不思議なほど多い。コロナじゃなくて、別の理由で亡くなってるんだけど」

「……」

話がどんどん暗くなっていくので話題を変えようと言ってみた。

「でもさ、こうやって美容師と客がマスクしている写真とか、数十年後には歴史の一ページとして『こんな時代もあったんだ』と語られているのかもね」

美容師はコームでわたしの前髪をとかしながら答える。

「でも、これから頻繁にこういうパンデミックが起きるという説もあるじゃん」

「ああ、そんなことを言う学者もいるよね」

「もうコロナ前の生活が戻ってくると思うのは甘いかも」

「そうだね。働き方とかも変わりそう」

「そうそう。人が死んだ話もよく聞くけど、引っ越したお客さんも多いんだ。っていうか、自分の国に帰っちゃったんだけど」

「え？」

「国の間を移動するのが難しくなったから、家族と同じ国に住んでいたほうがいいと思ったって。老いた親の身に何かあっても、飛行機の便数は減ってるわ、2週間自主隔離させられるわじゃ、身動きとれないでしょ。フィンランド人とか米国人とか、僕のお客さんはインターナショナルだったんだけど、国に帰った人が多い。それぞれ自分の国からリモートで同じ仕事を続けるんだって」

「いまはそれができるからね」

「ロンドンから田舎に引っ越している人が多いって言うけど、国境の外からリモートで働くって決めた人も多いみたい」

　皮肉なものだと思った。ＥＵ離脱の是非を問う国民投票が行われたときには、多くの移民たちが人間の移動の自由を制限することに反対した。が、こうなってみると自分の国に帰る人が増えている。コロナ禍は、働くためにどこかに移動する時代を終わらせるのかもしれない。

「けどさ、実際に誰かと会うって、大事じゃない？　こうやっていまみたいに雑談する中から生まれることもあるし」

　とわたしが言うと、彼は涼しい顔で言った。

「Ｚｏｏｍで雑談すればいいじゃん」

「そりゃそうなんだけど……」

　わたしは口ごもり、少し考えてから言った。

「人間が移動する理由が『働くため』じゃなくなったら、次は『家族のため』だなんて、結局、人は義務のために移動するのかな」

「そうじゃないと思うよ」

　わたしの前髪のバランスを鏡でチェックしながら美容師が言った。

「これからは、みんな自分が本当に好きな場所に住むようになるんだ。というか、自分が本当に好きな人がいる場所」

いきなり照れた顔になって彼は鏡の中で微笑した。彼は、ポルトガル人の同性パートナーとの結婚式がコロナで2回も延期になっている。

「Zoomでウエディングだってできるじゃん」

意地悪く言ってやったら、速攻で彼は言った。

「それはダメだよ」

そのきっぱりした声の調子に笑いながら、初夏の真っ青な空にピンクや白の風船が揺れている光景を思い描いた。サード・タイム・ラッキーという言葉もある。

彼らの結婚式に何を着て行こう。

野暮という言葉の意味

ロックダウンが終わって気分が明るくなると、一気に日まで長くなった。英国は、冬になると午後4時ぐらいから暗くなるが、初夏は午後10時近くまで明るい。こんなふうにいつまでも明るい季節になってくると、近所でも夜の日光浴を楽しむ人たちが増えてくる。

夕食の後で庭に出て、芝生の上にタオルを敷いて寝転んだり、椅子を出してビールやワインを飲みながら談笑したりして日が暮れるまでの時間を戸外で過ごすのである。ロックダウン中はよその家庭の人々と交流することを許されていなかったので、近所の家の庭に人が出てくると「あら、お久しぶり」「元気だった?」などと言いながら道路を渡ったり、垣根越しに近づいて行ったりして、あちこちで雑談が始まる。

かくいうわたしも、斜め向かいの家の老夫婦が仲良く前庭に折り畳み椅子を並べて座っているのを見て、挨拶をしに行った。ここの家のおじいちゃんはフランスに住む娘のところに遊びに行っていたときにロックダウンが始まり、しばらく帰って来ることができなかった。体の弱いおばあちゃんが家に一人きりになってしまうというので、フランスからうちに電話がかかってきて事情を告げられ、しばらくスーパーで食料品や牛乳を買って届けていたことがある。

玄関ドアをノックしてポーチの上に食料品のビニール袋を置き、急いで2メートルほど離れた場所に下がると、いつもおばあちゃんが不安そうにドアを半開きにして出てきた。

日本人についてそういうイメージがあるのだろう、おばあちゃんはきまって両手を胸の前で合わせて、「サンキュー、サンキュー」と頭を下げた。「いや、それはアジアでも別の国の人たちがする仕草です」とことさら説明するのも野暮な気がして、わたしはおばあちゃんと同じように両手を胸の前で合わせて「どういたしまして」と言うことにしていた。するとおばあちゃんは、「神の祝福が、……ごめんなさい、ブッダの祝福があなたと共にありますように」と言う。いや、わたしは東アジア出身ですけど仏教徒ではなく、実はカトリック教徒です、と言うのもやはり野暮に思え、わたしはいつも「祝福があなたと共にありますように」と言って帰ることにしていた。

暗く長かったロックダウンの記憶の中でも、あのときのおばあちゃんの嬉しそうな小さな顔は幸福な思い出として残っている。だから、おじいちゃんがフランスから戻ってきて、一緒に紅茶を飲みながら前庭に座っている姿を見たら、声をかけないわけにはいかなかった。80歳のおじいちゃんは陽気でよくしゃべる人だから、フランスの娘やそのパートナー、孫たちのことをジョーク交じりに話してくれた。英国陸軍勤務だったおじいちゃんは、けっこうマッチョなタイプなので、娘のパートナーである繊細な雰囲気の美術教師とは「合わない」と前に言っていたことがあるが、ロックダウンで思いがけず長い期間を一緒に過ごすと印象がすっかり変わったようで、「ナイス・ガイ」と呼ぶようになっていた。

孫娘がサックスを習っていて、おじいちゃんの大好きなデューク・エリントンの「A列車で行こう」を吹いてくれたことや、孫娘のボーイフレンドが若いのに古いジャズに造詣が深く、すっかり意気投合したことなどをおじいちゃんは楽しそうに話した。孫息子は家族に同性愛者であることをカミングアウトしたばかりで、おじいちゃんは正直びっくりしたそうだが、そういうところを見せるといけないと思い、笑って祝福したと言った。

「孫娘の恋人はブラック（黒人）で……」と言ってから、おじいちゃんは口元を押さえた。「ひょっとすると、今はこの言葉は使ってはいけないのかな」と心配そうにわたしを見ている。「孫がゲイで……」と言った後も、「今はゲイという言葉は禁止されているのかな」と尋ねてきた。「どちらも、大丈夫ですよ」とわたしが言うと、ホッとしたように笑い、会話を続ける。フランスでずいぶん戒められてきたのかなと思った。長く生きると使えない言葉が増える。彼のように一所懸命に注意してしゃべる人の努力しようとする心情は、「はいそれ、アウト」と言って使えない言葉と一緒に切り捨ててよいものではない気がする。

だけど、たぶん、おばあちゃんが胸の前で手を合わせたときも、野暮とか言って曖昧にせず彼女の思い込みを正すべきだったと言う人もいるだろう。

このことを家族と話そうとしたが、「野暮」という言葉の英語の定訳である「rudeness」や「unsophisticated」ではこの感覚は説明できそうもない。そもそも「野暮」って日本語でどういう意味なんだっけ、と家に帰ってネットの国語辞典で調べてみるとこう書かれていた。

人情の機微に通じないこと

ああこれだ、と思った。

だけどこれもまた、英語にはなりにくい言葉だ。

現時点はどこ？

ロックダウンが厳格に行われていたとき、われわれの生活は冬眠のようなものだった。外に出られない。人に会えない。とりあえず全部ストップする。非常にシンプルだ。が、このロックダウンというやつは、一気に明けるものではなく、段階的に緩和される。

例えば、飲食店は屋内のテーブル席はダメだけど、屋外のテーブル席なら利用OKとか、人と会うのは屋外で6人までなら許可されるけど、屋内でほかの世帯の人と交流するのはNGとか、こうした細かい規則が作られ、いくつかの段階を経て少しずつ規制が緩くなる。英国でも、1月初旬から始まったロックダウンが、3月半ばから幾度かのルール変更を経て、全面解除に向かって少しずつ進んできた。

そしてこの段階になってくるとよく聞かれるのが、

「それで、わたしたち、いまどこにいるの？」

という言葉だ。現時点で具体的に何をどうするのが許されているのか、わからなくなってしまうのだ。政府は「ロックダウン解除へのロードマップ」とか言って「＊月＊日、＊＊ができるようになる。＊月＊日、＊＊も＊＊する限りにおいて＊＊してよい」みたいなことを細かく記した日程表を発表する。しかし、その詳細な記述を暗記している人はほぼいない。だから、いまそのマップ上のどこに自分たちがいるのかわからなくなる。

さらに雲行きを怪しくさせているのは、ワクチン接種が快調に進んでいるにもかかわらず、再びデルタ株（インド型変異株）感染が拡大していることだ。これで全面解除の可能性が翳《かげ》ってきた。おかげで、旅行、結婚式、子どもの誕生日パーティー、地域のイベント等々、すべての計画が宙ぶらりんの状態で、誰も「確定」という足場に立って物事を進めることができない。

このような状況に痺れを切らしたアンドリュー・ロイド・ウェバーというミュージカル界の大御所作曲家などは、政府がロックダウン解除を延長しようとどうしようと6月21日から自分の会社が所有する劇場はすべてオープンする、逮捕されてもかまわない、などという過激な発言をして話題になった。もう我慢の限界なのだろう。あちこちでいろんな人が怒っている。

しかし、怒っている人々がいる半面、なぜか妙にハイになっているというか、「わからないんだからもう楽しむしかないじゃん」みたいな人たちもいて、それを目撃してしまったのは、意外な場所だった。

ワクチン接種会場である。

先日、2回目のワクチン接種をしたときの会場の様子が、厳粛な空気に包まれていた1回目とまったく違ったのだ。ボランティアや看護師たちが異様なほど陽気なのである。「あっちに並んでください」「あなたはこっちに」とか言って会場整理しているボランティアたちは、いい感じに顔が赤くなって鼻の皮とか剝けてる人もいて、きっと休憩時間に会場の真ん前にあるビーチで日光浴してきたのだろう、心身共にリラックスしている感じだ。

マスクをしているとはいえ、「ワン・ラーヴ、ワン・ハート、レッツ・ゲット・トゥゲザー・アンド・フィール・オーライ〜」とボブ・マーリーを歌いながら体を左右に揺らしているボランティアがいるかと思えば、コンピューターでこちらの情報を確認しているNHS（国民保健サービス）の制服姿の職員なんかは、「ネットがねー、遅いんですよ、今日は。アブラカダーブラー、スピード・アップしろー、もっと早く画面が切り替わるようになれー」とか言ってノートパソコンにおまじないをかけている。

ぴりぴりした緊張感があった1回目のワクチン接種のときとはえらい違いだ。いったいわたしはどこにいるのだろう、という奇妙な感覚に陥っていると、いよいよ注射を打たれる段階になった。白髪の看護師の女性が眉間に皺《しわ》を寄せて険しい顔つきでわたしを待っている。お、さすがにここで雰囲気が引き締まるのかな、と思って椅子に座ると、ガラスの衝立《ついたて》の向こうから、隣で接種を受けている男性の声が聞こえてきた。

「これ、インドで流行している変異種にも効くんですか？　ほんとはよくわからないんじゃないですか？」

白髪の看護師は、きりっと顔を上げ衝立のそばに近づき、大声でしゃべり始めた。

「アストラゼネカ社のワクチンを2回接種すればデルタ株にも60％の効果があります。60％を多いと思うか少ないと思うかは、あなたの考え方次第です。が、あなたも60％、こっちの人も60％、みんな平等。同じ船に乗っているのです。ワンダフォー！　ははははは」

ヒステリックに笑う看護師を見て、ああ、この人たちは明るいのではなく、疲れ過ぎてハイになっているのだと思った。

ちなみにたったいま、この原稿を書いているときに英国のロックダウン完全解除の延期が公式に発表された。政府が拵《こしら》えた日程表の上の「現時点」はまだしばらく続くのである。それだけはわかった。すべてペンディングの夏が来る。

アニバーサリー（命日）

「アニバーサリー」と日本語でググってみると、記念日のケーキの通販サイトとか、「松任谷由実─ANNIVERSARY～無限にCALLING YOU～」の動画とかが上がってきて、なんとなくスウィートでロマンティックな言葉っぽい。しかしながら、英語では誰かの命日のことも「アニバーサリー」と言う。

昨日は義理の兄のファースト・アニバーサリーだった。つまり、「一周忌」である。うちの連合いはロンドンのアイルランド移民の家庭に生まれた。一番上の姉はたいそう反抗的で元気がよく、18のときにさっさと一人でスペインのイビサ島に渡り、そこで好きな男性を見つけて永住した。それが昨年亡くなった義兄である。

彼はスペインとフランスの国境近くで生まれ育った。フランス国籍ながら、スペイン語もカタルーニャ語も話せたし、英語も堪能でドイツ語もできた。こう書くと、インテリ層の人かと思われそうだが、実はアウトドア派で、馬の装蹄師だった。イビサ島に馬？　と不思議に思うかもしれない。しかし、芸能人や芸術家などのセレブがイビサに広大な別荘を持つと、次に欲しくなるのは馬らしく、昔は島に1人しかいない装蹄師だった義兄は大忙しだった（ちなみに、いまは3人いるらしいが、いずれも義兄の弟子だという）。

義兄はいかにもラテン男という感じの外見で、笑顔がロバート・デ・ニーロに似ていた。あれほど人生を謳歌《おうか》した人をわたしはほかに知らない。乗馬、フィッシング、ダイビングなどに加え、料理の腕はレストランのシェフ顔負けだったし、午前中はいつも行きつけのバルでコーヒーを飲みながら本や新聞を読み、政治や社会について議論するのが好きで、それと同じぐらいにジョークを飛ばすのも好きだった。夏にイビサ島に遊びに行ったときなど、馬に乗って堂々と道路の真ん中を通り、近所のバルから彼が帰ってくる姿を見て息子が大喜びしたものだ。

アイルランド人家族の中で、二人だけ外国人だった義兄とわたしは、文字通り馬が合った。英国からイビサ空港に到着するわたしたちを出迎えに来る彼を、人垣の中から最初に見つけるのも常にわたしだった。連合いがキョロキョロしている間に、わたしはすでに彼とハグし合っていた。あの酸いも甘いも嚙み分けながら、それでもまだとんでもない悪戯《いたずら》をやらかしそうな笑顔を見ると、もう一つの実家に帰省してきたような気になった。

「45年以上も知っていて、若い頃に一緒に住んでいたこともあるくせに、どうして彼の顔がわからないの？」

わたしが言うと、いつも連合いは答えた。

「昔の姿を知っているからこそ、わからないことだってあるさ」

若い頃の精悍《せいかん》な義兄の写真を見ると、そんなこともあるのかなと思った。実際、近年の義兄は次々とどこかを病んで、だんだん筋肉が落ちて痩せていった。仕事も乗馬もダイビングもできなくなって、行きつけのバルに毎日コーヒーを飲みに行くぐらいしか楽しみがなくなったときに厳格なロックダウンが始まった。目に見えて鬱っぽくなり、誰かと話をするのもつらそうだったという彼が亡くなっている姿を見つけたのは義姪《ぎてつ》だった。「何もかも残してこんなふうに一人で逝くのはわがままだ」と義姉は電話で泣きながら言った。時節柄、まともな葬儀もできなかった。できたとして、ほとんどが海外にいる家族は出席できない。そのことを知っていて、義兄はこの時期を選んだのかとふと思った。

それでも彼が亡くなって2週間が過ぎた頃、義姉がぽつりと言った。

「責められないよね」

一番つらい現場を発見してしまった義姪も、「彼が選んだことだから責めない。そうしたくとも、笑顔を思い出すと難しい」とビデオ電話で泣き笑いしていた。

また自由にイビサ島に行けるようになったら、わたしもあの笑顔を空港で探すだろうなと思った。いなくなったとはとても思えない。

あれから1年過ぎてもコロナ禍は続いている。おかげでまだイビサには行けないが、義兄の命日に義姪から動画が送られてきた。そこには意外なものが撮影されていた。義姉が彼女たちの家の裏口のドアを開けると、あっと驚くほど大きな鳥が裏庭にいるのである。

数ヵ月前になぜか孔雀《くじゃく》が飛来してきて、以来、住み着いているという。朝晩ちゃんと餌もやっているそうだ。裏庭で孔雀を飼っている民家なんて考えただけでごっついが、「アレクサンダー」という名前すらつけているらしい。

野性味あふれるイビサ島内陸部ならではの話だが、羽を広げた孔雀を見ていると、義姪がこれを送ってきた理由がわかる気がした。

「孔雀が人間に求愛のポーズをとってどうするの?」

義姉が笑いながら話しかけると、アレクサンダーは巨大な扇のような羽をゆさゆささせて仁王立ちしていた。その誇らしげな姿は、空港に立っていた人にどこか似ている。

カミング・ホーム狂騒曲

これを書いている（2021年）7月前半の時点では、英国は東京オリンピックどころではない。なにしろ、フットボールよりフットボール（サッカー）のユーロが開催中だからである。もともと英国は、オリンピックよりフットボールの国際大会のほうが盛り上がる。国際大会とはW杯とユーロのことである。

どちらも4年ごとに開催されていて、2年ごとにW杯かユーロのどちらかが行われている。昨夏開催予定だったユーロは、東京オリンピック同様にコロナで1年延期となった。従来なら1ヵ国、または2ヵ国が開催地に選ばれるが、今回は欧州での分散開催でもある。イングランドも開催地の一つに選ばれ、代表チームの試合の一部は国内で行われていて、そのせいかどうかは謎だが、いつにない快進撃を見せている。だから、公式には7月19日までロックダウンは完全解除されないにもかかわらず、スタジアムでイングランド戦を観ている人たちは、ソーシャルディスタンスもへちまもない密集ぶりだ。ガンガン唾《つば》をとばしながら、肩を組んでイングランド代表の応援歌を熱唱している。

最も有名なイングランド代表応援歌は、「スリー・ライオンズ（フットボールズ・カミング・ホーム）」である。「イッツ・カミング・ホーム、イッツ・カミング、フットボールズ・カミング・ホーム」というサビ部分を延々と繰り返すことで知られている。要するに「フットボールが故郷に帰ってくる」とみんなで連呼しているのだ。試合開始のとき、代表チームが窮地に立ったとき、負けたとき、勝ったとき、いつだってサポーターたちはこの歌を歌っている。

イングランドの人々には、われわれの国こそフットボールの母国だという自負がある。だのに、1966年のW杯で優勝して以降、イングランドがW杯やユーロを制したことはない。だからサポーターたちは、再びイングランドに国際大会のトロフィーが戻ってくるのだという悲願を込めて「イッツ・カミング・ホーム」と歌う。が、どういうわけか今年は、スタジアムの外でもこの歌をよく聞く。いや、正確には歌っているわけではない。サビ部分の歌詞が日常会話の一部になっているのだ。

例えば最近、うちに遊びに来ていた息子の友人は、「一発で口に入ったら、イッツ・カミング・ホーム」と言っていきなり宙にピーナッツを投げ上げ、口を大きく開けて必死でキャッチしようとしていた。また、スーパーで売り切れていた商品について店員に尋ねたら、「倉庫にあるかもしれないから見てくる」と言って歩き出したのだが、二、三歩進んだところで彼はくるっと振り返り、「もし、在庫があったら、イッツ・カミング・ホーム」と爽やかに笑っている。さらに、昨日バスに乗ったときも、カードで運賃を払おうとしたらエラーになったので焦って別のカードを出そうとしたら、腕にびっしりタトゥーをいれた運転手が「いいよ、細かいことは言わねえ。な・ぜ・な・ら、イッツ・カミング・ホームだから」とウインクしてそのまま乗せてくれた。

どうもみんな「イッツ・カミング・ホーム」に希望をかけ過ぎというか、盛り上がり過ぎというか、もし英国にも流行語大賞があったら間違いなく今年はこれだろう。去年の「ステイ・ホーム」から一転し、今年は「カミング・ホーム」の夏だ。

息子の中学校の校長まで、全保護者宛てに送ったメールの中でこの言葉を連呼していた。「日曜の午後8時に始まる決勝戦を生徒たちに観てほしいので、月曜の始業時間を1時間遅らせ、9時半の2時限目からにする」という内容のメールだった。彼はこう書いていた。「『カミング・ホーム』が現実になった場合、試合後にトロフィー授与などもあり、生徒たちがその歴史的瞬間を見られない状況は避けたい」「1966年以来、打ち砕かれ続けてきたわれわれの夢が叶えば、決して諦めるなという生徒たちへのメッセージになる」「私も眠れない週末を過ごすでしょう。イッツ・カミング・ホーム!」

完全に舞い上がっている。

まあ、ここまでの大騒ぎになってしまうのは、「国際大会で滅多に(半世紀前に一度しか)優勝しない国」だからには違いないが。

ここからは決勝戦の翌朝に書いている。昨夜、イングランド代表はイタリア代表に負けた。しかも、これは作り話でもないし、ジョークでもないのだが、本当に延長戦の果てにＰＫ戦で負けるという、いつものイングランドの敗戦スタイルを見事に踏襲した。

「もはや呪い」とがっくり肩を落とし、2時限目から息子は登校した。馴染みの郵便配達のお兄ちゃんも、いつになく無口で顔つきがめっぽう険しかった。

たぶんこれからしばらくは、「カミング・ホーム」は迂闊《うかつ》に人前で使えない言葉になるだろう。

そしてわたしは辞書を引く

たいていのことがリモートでオッケーになってから、個人的に困っていることがある。以前なら、「日本への出張時にお会いしましょう」とか「東京でゆっくり」とお茶を濁して無期延期にできたことが、ぜんぶ「Zoomでやりましょう」と、すぐ実現可能になってしまったのだ。

打ち合わせから取材、対談まで、もう「海外在住だから」を言い訳に逃げられない。そもそも、わたしは人前に出るのが嫌いなのである。もし好きだったら、違う稼業をやっているだろう。人前でしゃべるのが苦手だからコソコソ一人で書く仕事をしているのに、オンラインでしゃべらなければ本も出せない。最悪な時代になったものである。

とはいえ、最悪なこともやり続けていると少しは慣れてくるもので、この頃では緊張してお腹を下すこともなくなった。それに、恐ろしく知的な方々と対談していると、自分自身についてあっと驚く発見をすることがあっていろいろ考えさせられる。

最近、京都大学人文科学研究所准教授の藤原辰史さんとオンライン対談をしたときがまさにそうだった。藤原さんに、いちいち立ち止まって頻繁に辞書を引きながら文章を書いているのではないか、と指摘された。わたしの本を読んでいると、英語や日本語の辞書を使って言葉の意味を確認している箇所がいやに多いから、と。

ギクッとした。

誰も見てないだろうと思って冷蔵庫の扉の裏に隠れてミニアイスをいくつも貪《むさぼ》り食っていたら物陰からじっと凝視していた人がいた、みたいな感覚だった。そうなのである。わたしの文章はわりとぞんざいなので、勢いで書いていると思われがちなのだが、実は、つっかかりもっかかり辞書を引きながら書いている。なぜならわたしは、言葉の運用能力に深刻な問題を抱えているからだ。

例えば、前段落に書いた「つっかかりもっかかり」という表現。この時点で、なにこれ?と首をひねられた方が多いだろう。わたしはそう記した後で、突っかかり、って漢字で表記してもいいのかな、とネット辞書を引いて、そんな日本語は存在しないことを知る。が、「やっぱり」と思う発見があった。

どうやら博多弁らしいのである。意味は「つまずきながら」「あっちこっちに絡んで物事のはかどらぬ様」と書かれている。やばい。わたしは藤原さんとの対談でも、「つっかかりもっかかり」と確かに言った。福岡方面で視聴していた人にしか意味がわからない言葉を意気揚々と口にしていたのだ。いまさらパソコンの前で赤面逆上したってもう遅い。

このように、わたしは博多弁のネイティヴである。標準的日本語は第二言語と言ってもいい。そしてここに第三言語である英語まで絡んでくる。もう頭の中は常にカオスであり、何らかの言葉や文章を頭の中で思いついても、自分が信用できない。「この言葉はそもそも全国的に通用する日本語なのか」「この英単語はカタカナ表記にすれば日本でもオッケーなのか」という疑問から、「博多弁やったらこう言うとばってん、標準語に翻訳したら微妙に意味が違うごたあ」「この英語は日本語の定訳がおかしい気がするし、英英辞書に書いてあることも違う気がする。ということは、わたしは平素、間違ってこの言葉を使っていたのか」という疑惑まで、懊悩が止まらない。というか、懊悩することなしに言葉が使えない。なんという面倒くさい人生を生きているのだろうか。

つい先日も、取材で先方を困惑させてしまった。自分自身について書くことを「千切っては投げ、千切っては投げ」という言葉で表現したとき、先方がＺｏｏｍの画面越しに「?」みたいな表情になったのである。わたしの頭の中では、自分の生活や過去の一部を千切っては読者に投げているイメージだったのだが、あの「?」な顔つきが気になってネットの国語辞典で意味を確認すると、「主に格闘や武道、喧嘩などにおいて、圧倒的な強さをもった人物が実力で劣った複数の人物をことごとく打ち倒しているさまを表す表現」と書かれていた。いかん。圧倒的な強さをもった誤用だった。恥の多い生涯を送ってきました。

ここまで言葉の意味を知らず、間違いばかりやらかす人間が、よく物書きをやっているものだと感心するが、前述の対談で、藤原辰史さんがわたしの辞書依存について絶妙のフォローをしてくださった。

わたしは言葉の意味を調べることで「言葉と出会い直している」と解説してくださったのだ。

半世紀以上も生きて今さら出会い直す言葉が山ほどあるというのもどうかと思うが、そこに山があるから人は登るのである。わたしにとって書くという作業はそういうことなのだろう。たぶん。

通訳はつらいよ

「すごい。花火が全部同じタイミングで上がってきれい」

息子がそう言うと、画面のなかの親父がなぜかドヤ顔で説明した。

「あれ、実は本物やなくて、CGやもんね」

「あ、5つの輪が浮かび上がってきた」

「そら五輪って言うぐらいやけんね」

そういえば、英語ではオリンピックのことを「ファイヴ・リングズ」と呼んだりはしないな、と思ってわたしは通訳に戸惑う。

こういうことからいちいち説明しないといけないから、通訳の役割を担っていると大変なのだ。英国人の家族を持つ日本人女性の知人・友人がよく言うのは、「こちらの家族を連れて日本に帰省すると、二つの家族の間で通訳しなくてはいけないから、いつも一人でしゃべりっぱなしになる」ということだ。常に日本語を英語に、英語を日本語にしながら家族間の会話を成立させなくてはならないので、しゃべっている時間がほかの人々より圧倒的に長くなり、けっこう疲れる。

などと愚痴っていてもしょうがないので、日本ではオリンピックのことを「ファイヴ・リングズ」と漢字で書くことがあるんだよと説明していると、さらに親父が、

「ゴリンピック、なんちゃって」

と、くだらないダジャレをぶっ込んでくるので通訳者の苦悩はまた深まる。

日英で東京オリンピックの閉会式を観ながらスカイプで雑談しようと言い出したのは息子だった。週末にじいちゃんとスカイプ会話している時間帯が閉会式と重なったので、日にちをずらせばと提案したのだが、「『Gogglebox』みたいで面白い」と言ったのだ。

『Gogglebox』というのは英国のテレビ番組で、《テレビを見ている人たちを見る》というコンセプトで制作されている。英国の各地に住む複数の家族が同じドラマやドキュメンタリー、ニュースなどを観ている様子を撮影し、その映像を繋ぎ合わせただけの番組なのだがこれが大人気になり、いまや英国チャンネル4の看板番組だ。

そりゃ確かに日英で同時に閉会式を観るのは斬新な企画ではあるが、通訳者は休日も無償労働である。

「スカは日本の音楽じゃないだろう」

東京スカパラダイスオーケストラの演奏を見ながら、連合い（くどいようだが、「れ」抜きにする理由はそのうち書きたい）がぼやく。彼は開会式のときも「大事な場面で使われているのは全部UKの音楽じゃないか」と嫌味を言いながら、なぜか満足そうに笑っていた。彼だけではない。英国の音楽が他国のオリンピック開会式で使われていたことは妙に英国の人々の自尊心をくすぐったようで、同じようなことを（どこか嬉しそうに）指摘した知人・友人は複数いる。

しかし、東京スカパラダイスオーケストラは、フランスのシャンソンの「愛の讃歌」やベートーベンの「歓喜の歌」を演奏していたので、今日は連合いも突っ込みようがないだろう。と思っていると、

「なんだなんだ、今度はヨーロッパの曲ばかり。日本はEUにでも加盟する気か」

と、意地でも皮肉を飛ばしたいらしい。ここで実家の犬が咬むと音が鳴るぬいぐるみで遊び始めたため、日英の会話に「キュッ、キュッ」というサウンドも加わり、通訳者にはスカイプの音声が聞き取りづらい。

すると、「お、台風速報になったばい」と親父が大きな声を出す。「いかん、鹿児島におるげな。っちゅうことは、こっち来るとは夜中やな」「うわ、朝の4時ぐらい？」と親父と妹

がしゃべり始める。台風情報まで英国の家族に通訳せねばならなくなった。

「オリンピック閉会式の生中継が中断するぐらい、台風ってすごいの？」

と息子が聞くので、それを親父に日本語で伝えると、

「おお、すごかよ。そっちは台風やら地震やらなかけん、わからんやろうけどね」

と、またなぜかドヤ顔になっている。英国が音楽なら、日本は台風と地震。なんだかよくわからないお国自慢だ。

しかし、次の開催地パリからのライブ中継映像が流れ始めると、一同しーんとなり、お国自慢も忘れて見入っていたのだったが、国際オリンピック委員会のバッハ会長の演説が始まると「もう寝る」と親父が離脱の意思を表明。「じゃ、お開きにしようか」と日英合意に達し、「世界の人々が感情で繋がり……」とバッハ会長が言ったところで、われわれのスカイプによる繋がりは切れることになった。

「バーイ。……コロナがなければ、福岡でじいちゃんと一緒に見れたのに。そのほうがきっと、ずっと楽しかったね」

通話終了前に息子がそう言ったが、通訳者はこれを訳さなかった。親父に寝床で泣かれても困るからだ。

「台風、気をつけてね」

無言でいるのも不自然なのでそう言い繕った。親父は「オッケー」と親指を突き上げ、そのままｉＰａｄのスクリーンから消えていった。

パートナーの呼称

ピーター・バラカンさんがパーソナリティーを務めるラジオ番組に出演したときのことである。バラカンさんといえば、１９８０年代に日本で英国音楽を聴いていた（当時の）若者にとってはゴッドである。オンライン出演だったのでパソコンの画面越しだったとはいえ、自分のゴッドと会話するのは緊張する瞬間だったが、お話をするうち、バラカンさんとわたしには意外な共通点があることがわかった。

それは、言葉についてとても敏感だということだ。というか、これは海外生活が長い人間に特有の性質なのかもしれない。バラカンさんは、のっけからわたしが書く日本語がおかしいことを指摘してこられた。

「そもそも、『連合い』って、日本語として変ですよね。ふつうだったら『れ』が入るのに。パッと目に入ったとき、『連合』みたいに見える」

このツッコミにわたしはただならぬ感動を覚えた。ほかの人には言われたことがなかったからだ。

「そうなんです！　実はそれには思い入れがあって……。わたしは配偶者と自分のことを『連合』だと思っているので」

とわたしは前のめりで答えた。

さらに、「連合」という言葉については、最近、雑誌の取材を受けたときにも話題になった。インタビュアーの編集者の女性が、わたしの本の中の「エゴイストの連合」という言葉に反応してくださって、

「『連帯』というと暑苦しいというか、いつも一緒にぴったり繋がっている感じできついですけど、『連合』っていうのはもっと緩くていいですね」

と言ったのだった。

わたしはまたも、感激した。

「そうなんです！　実はそこには思い入れがあって、だからわたしは自分の配偶者のことも『連合い』と『れ』抜きで表現することにしているのです！」

と、聞かれもしないことまでベラベラしゃべってしまったのだったが、「連帯」と「連合」はわたしの中ではまったく違う。個人的には、びっしりいつも強固に繋がって「帯」になる

より、時々「合う」ぐらいの繋がりがいい。必要なときには一緒に物事をするけど、要らないときにはいなくてもいい関係のほうが楽だと思うのだ。

英語ではパートナーを指す言葉に「my other half」という表現がある。「私の半身」なんて、これもまた、一心同体、みたいな連帯系の言葉だ。「わたしたちは二人で一人」というような感覚は、恋に恋する年頃なら夢見るかもしれないが、ある程度の人生経験を積めば、そんな感覚は幻想だし、それ以上に、単なる幻想でよかったと思うようになる。わたしはわたしで立派に一人だ。誰かと一人になるなんて無茶だし、無理だ。

「my other half」の変形で「my better half」という表現もあり、これは「私の（私よりも優れた）半身」という意味で、相手のほうが自分より立派であるという謙遜の姿勢を示している。そしておそらくは、そんな出来たパートナーがいるからいまの自分があるのです、という感謝の気持ちが込められているのだろう。

そう書くと、いい言葉じゃないかと思われるかもしれない。が、この表現について考えるとき、わたしはある友人のことを思い出さずにはいられない。結婚していた英国人男性に「my better half」と呼ばれていたブラジル人の友人は、彼よりも忍耐力でも寛容さでもほんとうに優れていた。だからこそ彼の浮気とか借金癖とか、さまざまなことに耐え続けたのだったが、最終的には別れることになった。

ところが、気立てが良すぎる彼女は、別れてからも元配偶者の母親を老人ホームに定期的に訪ね、新しいパジャマを届けたりして世話をしていた。元配偶者はさっさと次のパートナーと遠くの街に引っ越し、母一人子一人なのにまったくホームを訪ねなくなってしまったからだ。

この友人は、地味で尽くし型の性格ではあったが、見た目は派手でセクシーなラテン系美女だったので彼女を好きになる男性が後を絶たず、ついに老人ホームで働いていた移民の青年と恋に落ちた。しばらくは18歳年下の恋人と幸福な日々を送っていたが、ある日、彼が家庭の事情で帰国しなくてはならなくなり、彼女の苦悩がはじまった。情の深い彼女は、元配偶者の母親のことを考えると、新しい恋人と一緒に英国を去るなんてできないと言うのだ。

けれども、彼女を決意させたのは恋人のある言葉だった。

「いい人でいるのは、もうやめたほうがいい」

この言葉には、彼女がいい人であることをやめても自分は彼女のことが好きなんだという意味も込められていただろう。それは彼女の中にあった何らかの呪縛を解いたようだった。

こうして友人は英国から去って行き、いまでもそのときの恋人と幸福にデンマークで暮らしている。誰かのベターな半身であることをやめて、ベストな人生の伴走者を得た例である。

ギャン泣きプリンセス

むかし、移動型託児所で働いていたことがあった。移動型というと、キャンピングカーか何かで常に移動しながら子どもたちを遊ばせていると思われそうだが、それはさまざまな地域のコミュニティセンター（公民館のようなもの）を巡回して、プレイルームや庭で子どもたちを預かる託児サービスだった。コミュニティセンターで行われていた移民の母親を対象にした英会話教室のサービスの一部で、母親たちが週に1度のレッスンを受けているあいだ、赤ん坊や子どもを預かるのだ。多いときでも10人を超えることはない少人数の子どもたちを2〜3人体制の保育士で預かり、2時間ほど遊ばせるだけだったので、最初は楽勝だろうと思っていた。

が、わたしの予想は間違っていた。各地域のコミュニティセンターの無料英会話教室に通う権利を与えられていた母親たちは、そのほとんどが難民として英国に来て日の浅い人々で、母親も子どももまるで英語がわからなかったからだ。それに、ほとんどの子どもたちにとって、母親以外の大人に預けられるのは初めての経験だったから、初週と2週目はギャン泣きするのが常だった。そりゃ怖いだろう。見も知らぬ国に来て、いきなり言葉の通じない大人に預けられるのだから。彼らは母子ともにさまざまな苦難を体験して、紛争地域から英国に渡って来た人たちなのだ。だから引き離されると、子どもだけでなく、母親も不安になり、教室に子どもたちを迎えに行くたびに悲痛な別離のシーンが展開されるので、人さらいか何かになった気分だった。

特に鮮烈に覚えているのが、アフガニスタンから来たばかりの3歳の女の子だった。顔から零《こぼ》れ落ちんばかりの大きな茶色い瞳と長いまつ毛。お人形さんのような子どもだったが、この子の泣きっぷりときたら破壊的であった。母親から離されるときに子どもが泣くのは、不安で悲しいからだ。が、それ以前に、その行為はレジスタンスでもある。「行きたくない、母親と一緒がいい。お前なんか大嫌いだ、ふざけんな」という必死の抵抗運動であり、知らない大人と時間をともに過ごさねばならない理不尽に反対の声をあげているのである。

その点では、彼女は素晴らしいアクティヴィストだった。世の不条理に沈黙せず、あくまでも抗う勇気と気概を持っていた。だが、その反抗のスピリットはかつて見たこともないほどずば抜けていて、「ぎゃーーー、うぎぎぎぎーーー」と彼女が泣き始めると、コミュニティセンターの事務員や別室でヨガを教えていたインストラクターなどがびっくりして見に来た。幼児虐待が行われているのではないかと心配したのである。

しかし、彼らがプレイルームに来てみれば、保育士たちがギャン泣きプリンセスの足元にかしずき、「ほら、このおままごとのカップかわいいでしょ〜」だの「お絵描きやってみる?」だの言って必死で機嫌をとろうとしている。彼女の凄みはその炎の如き号泣が持続するところにあった。ふつう、幼児たちは15分とか20分とか泣き続けたとしても、保育士に抱きあげられると落ち着いたり、ちょっと気を引かれる玩具を見つけて遊び始めたりする。しかし、彼女はけっして騙されなかった。

ムカつくものはムカつく、求めるものを手に入れるまでは何時間でも不屈のレジスタンスを続ける。孤高の抵抗運動家である。でも、できればあんまり移動型託児所のような場所にはいてほしくない。

とはいえ、2、3ヵ月が過ぎた頃にはようやく彼女にも好きな遊びができた。粘土をパンチしたり、思いきり板に打ちつけたりすることに反抗のスピリットを発散させる術《すべ》を見つけたのだ。ギャン泣きがおさまったかと思うと今度は「バスッ」とか「ビシッ」とか格闘技さながらのノイズを発しながら粘土を打ったり叩いたりする彼女を見ていたら、このプリンセスは庭に連れ出してフィジカルな遊びをさせたほうがいいのでは、と直感した。それで彼女にサッカーを教えたのだったが、実は運動神経が抜群だった彼女は、母親が通う1年間の英会話コースが終了する頃には華麗なドリブルを披露できるようになっていた。彼女の父親は、娘からボールをねだられたときに困惑し、「女の子がサッカーなんて……」と言ったらしい。が、母親が説き伏せてボールを買い与え、プリンセスは近所の公園でしょっちゅうボールを蹴っているらしかった。

10年以上も前に出会った彼女たちのことを急に思い出したのは、先日、イスラム主義勢力のタリバンが政権を掌握したアフガニスタンから、女子サッカー代表チームの選手たちが国外退避したという報道を見たからだ。

あのとき、ギャン泣きプリンセスの母親が言った言葉をいまでも覚えている。どうやってプリンセスの父親を説き伏せてボールを買ったのかと尋ねたら、彼女はこう答えたのだ。

「男の子の遊びとか女の子の遊びとか言わない国にわたしたちは来たんでしょ、と言ってやりました」

英語の上達が早かった若い母親の、ヒジャブの下できらきら輝いていた瞳がいまも忘れられない。

お達者ブラフ

コロナ規制がほぼ全面解除になった英国では、町を歩いていても、もうマスク姿の人など見かけない。スーパーマーケットなどでも平気でノーマスクの人がいるし、公共交通機関でも同様だ。いちおう「マスク着用をお勧めします」「マスクを着けてお入りください」などのポスターは貼ってあったりするのだが、法的な罰則を科せられることはないので、それなら守る必要はないと解釈する人が多い。

とはいえ、不気味に感染者数は増えていて、いまでも一日あたりの感染者数は欧州で一番多いのだが、死者数はいっときに比べればかなり少なくなっている。だからふつうの生活に戻したわけだが、感染者数が増えているのだから具合の悪い人は当然多い。それでなくとも寒くなってくると風邪をひく人や持病が悪化する人などもいて、病院は忙しそうだ。

こんなときにチキンを発生源とした食中毒も流行し、わたしなども公園のカフェで友人と優雅にランチなどしたら、一発でやられた。知らずに、チキン・シーザーサラダを食べてしまったのである。おかげで発熱、悪寒、嘔吐に加え、いっそトイレに住みたいと思うぐらいのお腹の下し具合で大変な目に遭った。今回ばかりは死ぬんじゃないかと思って遺書まで書いたほどである。

身をもって体験し考えたのは、わたしたちはコロナ禍疲れで脆弱《ぜいじゃく》になっているのではないかということだ。英国はロックダウンが長かったので、他人と交じり合うこともなかったし、家から出なかったので何らかの危険に晒されることも少なく、心も体もぼさっとしてしまっているというか、危機に対する免疫力が下がっているのかもしれない。

だからコロナにかからなくても別の病気になったり、うっかり怪我をしたりするのだ。そんな自らの脆弱性を意識するからだろうか、最近、やたらと自分が健康であることをアピールする人が多い。特に、中高年の男性たち。もっと具体的に言えば、連合いの友人たちである。

コロナ禍の前は、みんなでパブに集まっても、やれ腰が痛いだの、夜中に何回もトイレに起きて残尿感があるだの言い合ってお達者クラブみたいになっていたにもかかわらず、なぜか彼らが自らの健康を示すためにブラフ（はったり）をかますようになったのである。

「久しぶりにジムに行ったらさー、俺が軽々と40キロのダンベルを上げたから、若いやつらがびっくりして見てた」

「俺なんか昨日、プールで何キロか泳いだ」

「俺、自転車で州境まで行ってきたぜ」

などと、ビールのパイントグラス片手に腰に手を当ててフィットネス自慢をしている。が、そんなに筋肉がついている感じでもなく、相変わらずのビール腹である。これでは「お達者クラブ」ならぬ「お達者ブラフ」だ。でもよく聞いていると、彼らはこんなことも言っている。

「もう、これからは体が資本よ。あちこちガタがきてるようでは、生き延びられねえ」

「そうそう。車だってガソリンがないと走らないし」

「食料不足もいよいよ深刻になったら、自分たちで畑ぐらい耕さないと」

「燃料不足で光熱費も上がるから、今年の冬は暖房もつけらんねえぞ。寒さに負けない強い体を作らないと」

そう、これが英国の現状なのである。大型トラックの運転手不足（EU離脱とロックダウンのダブルパンチで、移民ドライバーたちが自分の国に帰ったことのしわ寄せがきている）で、スーパーに食料が届かないわ、燃料車の運転手不足でガソリンは輸送不可能だわで、国中がパニックに陥っている。

つまり、連合いの友人のおっさんたちは健康になっておかないとこの冬をサバイバルできないという切実な思いから体を鍛え始めたのだ。若者なら車でガソリンスタンドの前の長蛇の列に並んでも平気だろうけど、トイレが近い60代の男子はそんなに何時間も我慢できない。スーパーでだって、彼らの世代は古き良き時代のジェントルマン気質だから、子どものいる家族連れや老人に「どうぞ、どうぞ」とパンなどを譲ってやせ我慢している間に自分の食べ物がなくなるだろう。燃料不足で光熱費が劇的に上がれば、労働者はセントラルヒーティング（暖房装置）を長時間つけっぱなしにはできない。ブラフのひとつでもかまさないとやってられないぐらい先行きは不安なのだ。いくつになってもワイルドサイドを歩いていたはずのおっさんたちが、突如としてヘルシーサイドを歩き出したのには、ちゃんと理由があったのである。

「この食料不足でクリスマスを迎えたら、七面鳥とか奪い合いだろうな」

「うん。クリスマス・プディングも」

「プディングぐらい、今年は自分で作る気概を持っとけ」

「いやでも、材料がスーパーにないと作れないだろう」

彼らの会話を聞いていると、いったいここはどこの国なのだろうという気分になるが、これが2021年秋の英国のリアルな街の声です。スタジオにお返しします。

ふつうの風邪を恐れよ

体調が悪い。食中毒の次は風邪である。それも、ものすごくつらい風邪にかかっている。2週間も咳が止まらず、一睡もできない夜もあった。いよいよコロナにかかったか、と思ってＰＣＲ検査も受けたが、陰性だった。どうやらただの風邪らしい。しかし、それならどうしてこんなにノンストップで咳が出て、しょっちゅうゴホゴホするせいで腰痛まで起こって歩くことも困難な状態になっているのか。こんな壮絶な症状をもたらす病が単なる風邪のわけがない。絶対に違う。

というようなことをいま英国で考えているのは、どうもわたしだけではないらしい。病気の話が続くので、この連載じたいが「お達者コラム」か何かになったような感じだが、前回、わたしが書いた推測は当たっていた。「英国はロックダウンが長かったので（中略）免疫力が下がっているのかもしれない」という記述である。いまやわたしだけでなく、英国の感染症の専門家たちがメディアでそう言っているのだ。行動規制が解除され、マスクをしている人を見かけることすらレアになった英国では、いまなぜかふつうの風邪が流行しており、「これまでこんなひどい風邪は引いたことがない」と医師に訴える人も少なくないという。

毎年、新学期が始まる9月になると学童や園児の間でふつうの風邪が流行り始めるものだが、今年はこれが例年よりも顕著だそうで、重症化する人が多いらしい。これは、過去18ヵ月の間に複数回行われたロックダウンや、マスク着用の徹底とソーシャル・ディスタンシングのせいで、他者とじかに触れ合うことがなかったせいだという。つまり、われわれの体内にあるさまざまなウィルスに対する免疫力が低下してしまい、以前なら平気だった病気にすぐ感染したり、軽い症状ですんでいた病気で寝込んだりするようになってしまったのだ。

「今年は、ふつうの風邪がどんなことになってしまうのか、われわれにはわかりません」

という不気味なことを医療専門家がテレビで話していたが、ふつうの風邪がどんなことになってしまうかを、わたしはもう体験的に知ってしまった。断言しておこう。えらいことになる。香港でも、昨年の秋、学校での対面授業の制限が緩和されたときに風邪が大流行したらしい。コロナ禍の厳格な行動規制とその解除は、ふつうの風邪を猛獣にしてしまったのだ。

この免疫力低下の問題が切実に理解できるのは、わたしには保育士として働いた過去があるからだ。いまでも覚えているが、働き始めた最初の年の冬、わたしは死にそうな目に遭った。次から次へと風邪にかかったり、お腹を下したり、吐いたり、とにかくずっと具合が悪かった。保育園や託児所は、ある意味「ウィルス取引所」のような場所と言ってもいい。子どもたちがさまざまなウィルスを持ち寄り、互いにうつし合い、一人治ってはまた誰かが発熱して病気になる。保育士はそうした子どもたちと最前線で触れ合い、鼻水を拭き、オムツを替え、吐しゃ物を始末するのだから、いかにゴム手袋やエプロンで武装していても、いろんなウィルスに感染してしまう。子どもが保育園に通い出すようになると、保護者たちが「子どもがしょっちゅう病気をもらってくるようになったので、こっちまでうつされて大変」とよく言うが、その10倍ぐらい大変な日常を想像してほしい。

ところが、人間の免疫力というのは想像だにしなかったほどすごいものだった。このように連続的に具合の悪い1年間を過ごすと、2年目には鋼鉄の人間ができあがっていたのである。はっきり言ってまったく病気をしなくなった。家族がみんなインフルエンザで倒れていようと、ノロウィルスが大流行していようと、「は? それ、何のこと?」と一人だけ元気で、バリバリ動き回れるスーパーヒューマンになっていたのである。「保育士になってよかったと思うことは?」と人に問われると、わたしは迷わず「体が丈夫になったこと」と答えたものだった。

が、わたしはもはや保育士ではない。こんなふうに毎日、机の前に座ってキーボードばかり打っているのだから、体の免疫力がすっかり弱まっているのも当然だ。そこにコロナ禍である。「対児免疫」だけでなく「対人免疫」まで失ってしまったから、たかが風邪ごときで地獄の苦しみを味わっているのである。

再びコロナ感染者数も増えている英国では、冬に向けて医療崩壊が懸念されている。風邪をこじらせて病院に行く人が急増しているからだ。そのため、医療関係者が一般の人々に呼びかけを始めている。

「きちんとマスクを着用し、頻繁に、そして丁寧に手洗いを行いましょう。風邪にかからないように」

ぐるっと回ってまた振り出しに戻っている。そんな気がするのはわたしだけだろうか。

街の本屋さん

東京の阿佐ヶ谷駅の近くに「書楽《しょがく》」という書店がある。入口が小さいわりに、中に入ると意外に広くて驚かされるのだが、「街の本屋さん」規模であることには間違いない。大きなチェーン店の、いくつもフロアーがある書店ビルではない。

4年ほど前、その小さな書店がわたしの本を日本で一番売ってくれていたというので、出版社の人に連れられてご挨拶に伺ったことがあった。

そこには名物店長がいた。気骨ある頑固おやじ風というか、商人というより、むしろ職人肌だった。いぶし銀のように光る渋い棚作りの技は、本好きなら「おお」と思わず声が出るもので、いまでもそのときのことを鮮明に覚えているのは、たぶん、彼がうちの親父を髣髴《ほうふつ》とさせたからだ。暑い日も寒い日も戸外で肉体労働をし続けるうちの親父が、それでも鍰作業をするのが好きなように、来る日も来る日も本に囲まれて本の在庫を数え、売り上げに一喜一憂しても、それでも店長は本が好きだった。そういう感じが、彼が作った棚から滲《にじ》み出ていた。

彼はわたしに、「もっと『ヨーロッパ・コーリング』のような本を書いてほしい」とおっしゃった。で、その本が改編され『ヨーロッパ・コーリング・リターンズ』という書名で文庫化されたので、「書楽」宛てのメッセージを書いた。彼とお会いした日に言われた言葉をいまでも覚えていること、そして彼が一番好きだとおっしゃった本が文庫になったことをお伝えした。すると「書楽」のツイッターアカウントがそのメッセージを紹介してくださり、柄にもなく仕事が手につかなくなったのでこれを書いている。

「書楽」には新しい店長さんがいる。そして一度だけお会いした前店長に言われたことは、ほかにもあった。「どんな本が売れているんですか?」と尋ねると、彼は平積みの新書や単行本を指さし、「これや、これ。こういう本だよ」と言った。それは、日本の近隣諸国への反感を煽るような言説で有名な著者たちによるベストセラー本だった。

「こういうのばっかり売れるようじゃダメなんだよ。書店も世の中も。だから、あなたには本当にがんばってほしい」と彼は言った。吹けば飛ぶような無名のライターにそのようなことをお願いされても、と思ったが、わたしは頼りない声で「はい」とだけ答えたのだった。

それから2年が過ぎ、東京の書店で新刊の刊行記念イベントが行われたとき、サイン会の列に、顔見知りの出版社の経営者ご夫婦が並んでいらっしゃるのが見えた。わたしの本を手に持ち、「阿佐谷の『書楽』の店長さんの名前入りでサインしてください」とおっしゃる。聞けば、彼の体調が思わしくなく、入院なさっているという。ずっとわたしの本を読んでくださっているので、サイン入りの本をお届けしたいということだった。

かなり深刻な病状だったと聞いた。が、それからしばらくすると、お店に復帰されたという噂も耳にしたので、仕事で日本に行ったときに、阿佐谷に足を延ばしたいと何度も思った。しかし、著者が本のプロモーションで帰国するときには、取材やメディア出演など、出版社からぎっしり予定を入れられているもので、自分の意思では動けない。だから、ある賞の贈呈式で帰国することになったとき、「式以外の時間はまったくのプライベートにさせてください」と宣言し、出版社からの仕事は入れずに、「街の本屋さん」めぐりをするつもりだった。もちろん、わたしのリストのトップにあったのは阿佐谷の「書楽」だ。でも、結局はコロナで日本に行くことができなくなり、贈呈式もキャンセルされた。

あのときああいうことが起きなければ、もしもこうなっていれば、そうすれば間に合った、もう一度だけお会いすることが叶ったかもしれない、と考えてしまうが、きっとそうなるようになっていたのだろう。

一期一会、という言葉がある。

たぶんこの言葉を正確に英語にすることはできない。４人の英国人に説明して英訳を求めたら、「Once-in-a-lifetime meeting?」とか「Destiny?」とか言っていた。そこまで大げさなことにはしたくないが、たった一度だけ触れ合った人の言葉だからよけいに心に残ることがある。

本の書き手や送り手たちは、何万部売れたとか、何回重版されたとか、すぐそういうことを気にする。だけど本は売るだけのものではない。こういうものばかりが売れるのでは世の中がダメになると売り場に立つ人が考えるような、特別なものだ。

本が世の中からなくなるのは、その特別さを失ったときかもしれない。「街の本屋さん」から教わったことをわたしは考え続けている。

ダウンの終わりはアップの始まり

息子が今年の9月からカレッジに入る。カレッジというのは、日本でいう高校や専門学校のようなもので、5年間（日本でいう小学校6年生から高校1年生の年齢まで）の中学校教育を終えてから、2年間、大学進学のために勉強したり、就職するために専門の分野を学んだりする学校だ。

カレッジへは生徒が自分で教科を選んで入学できる。大学で教わりたい学科に関係する教科のコースを3つか4つ選ぶのがふつうで、各カレッジは進学予定の学生を対象にオープン・デーやオープン・イブニングを行う。これは、生徒と保護者がカレッジを実際に見に行って、各教科の教室に立っている教員たちや在学生たちからコースの説明を受けたり、彼らに個人的に質問したりできる機会である。

ちょうど息子が小学校から中学校に進学したときのように、親子でいくつかのカレッジのオープン・デーに出かけた。近所のカレッジから街なかにあるカレッジまで、優秀と言われるカレッジからそうでもないカレッジまで、それぞれに個性があって面白かった。カレッジでは、学生たちは一日中、学校にいなければいけないわけではなく、自分が取った教科の授業だけ受ければ、あとは自由行動だ。校内もキャンパスと呼ばれ、日本でいう高校というより大学のようだ。わたしは高校時代に不良で、「出たくない授業のときは図書館で本を読んでいていいからとにかく学校に来い」と担任の先生に言われてようやく卒業できたが、いま考えてみると、あれは英国のカレッジ教育みたいなものだったのかもしれない。

で、驚いたのは、どこのカレッジでも「POLITICS（政治）」の教科の教室が人気だったことだ。ある政治の教員は「コロナ禍前と明らかに違う」と言った。2020年はロックダウンによりオープン・デーを開催できなかったので2年ぶりになるが、以前は政治の教室は閑古鳥が鳴いていたらしい。しかし、なぜか今回は政治に関心を持っている中学生たちが多く、びっくりしていると話していた。長い休校や入試方法の変更など、政府の決断にこれほど未来を左右された世代はいないので、みんな政治に興味を持つようになったのではないか、と教員は推測していた。

近所のカレッジの政治の教室には、たいへんわたし好みである本が教材として並んでいて、ケン・ローチのドキュメンタリー映画『1945年の精神』のDVDもあった。「これ、日本語版の字幕監修、母ちゃんがやったんだよ」などと興奮して話していると、息子がそこはかとなく冷ややかな目をして見ている。この感じは、既視感があるなと思った。中学に進学するときも、学校見学会に一緒に行って、中学生たちのバンドの演奏を聞いてノリノリになっていたわたしを、このような目つきで息子が見ていたからだ。結局、その中学に息子が通うことを決めた背景には、あのときのわたしの影響があったのではとずっと思っていた。

だが、15歳の息子はこう言い放った。

「今回は5年前とは違うから。僕はこのカレッジは選ばない。自分が決めたところは別にある」

おお、と思った。「あなたがどう思おうと関係ない。自分は自分の道を行く」と言えるようになったのだ。うになったのだ。正直、ここまで来ればもう子育ては終わったも同然だろう。

そのことを象徴するように、ここ1、2年、わたしは息子からお下がり、ならぬ、お上がりを貰うようになった。わたしは、英国の子ども服のサイズでいえば13歳用ぐらいがちょうどいい。だから息子には小さくなった服が着られるようになったのだ。成長期の子どもはすぐ大きくなるので、ジャケットやジーンズなどはワンシーズンで着られなくなる。もったいないので家庭内リサイクルしようとこっそり貰って着ていると、息子は不快感を示す。

「ちょっとやめて。それじゃ hand-me-down（お下がり）じゃなくて、hand-me-up（お上がり）

だよ」

「なんでダメなの？」

と聞くと、自分が最近まで着ていた服をわたしが着て歩いている姿を友人に見られたくないとか、ふつう母親は息子の服を着たりしないとか言うのだが、要するに恥ずかしいみたいだ。

ちなみに、hand-me-up という表現は、通常、家庭内の若い世代が使わなくなった旧型のスマホやパソコンなどの電化製品を年長者が貰うことを指す。物品としての hand-me-up だけではない。電化製品をどう使えばいいのかという知識や情報も、もっぱら下の世代の息子から親のわれわれに与えられている。

子育てが終わりに近づくと、上から下への方向で与えられていた物品や知識の逆流が始まるのだ。トップダウンの終わりはボトムアップの始まり。わが家の家庭内民主主義も新たなフェーズに入ったようだ。

検査キットを求めて三千里

連合いががんで入院した。13年ぶり、2度目である。しかし今回のほうが大変だ。コロナ禍での入院になってしまったからである。

案の定、初週から院内感染が起きた。しかも、肺に腫瘍ができている連合いもコロナにかかり、呼吸困難に陥った。いわゆる重篤化というやつである。どうにか危険な状態を脱したと思ったら、面会時にもらったのか、わたしと息子までコロナにかかった。2021年の暮れは、けっこう壮絶であった。

「俺の運を考えれば、この程度では終わらん。来年はさらにひどい年になる」

連合いは苦々しい顔で不吉なことを言っていたが、わたしはもう、自分がコロナにかかったあたりで、じめじめした気分は吹っ飛んだ。むかし、日本の伊藤野枝は「吹けよ　あれよ　風よ　あらしよ」と言った。ブライトンのわたしは「BRING IT ON」である。かかってきやがれ。なんてことを思ってしまったせいか、早くもハードルが現れた。

オミクロン株感染拡大の局面で、ジョンソン首相がコロナ感染者の隔離期間の短縮を発表したため、家庭用コロナ検査キットが英国全土で不足するという事態が勃発したのである。12月の中旬まで、英国ではコロナに感染した人は10日間の隔離を義務づけられていた。が、あまりにもオミクロン株にかかる人が多いため、そんなことでは経済が回らないと思ったのか、政府はこれを7日間に短縮した。

このため、政府が無料でコロナ検査キットを配布している薬局や図書館などに人々が押し寄せ、奪い合うようになった。おかげでこれらの場所から検査キットがなくなり、国内での製造も輸入も追いつかず、そのままクリスマス休暇に突入するという非常事態になった。

わたしと息子はまだ10日間の隔離が必要な頃にコロナにかかったので、おとなしくその期間は閉じこもった。だからいまさら検査キットは必要ない。が、病院にいる連合いと面会するためには、毎回事前にキットで検査して陰性を確認しなければいけない。

家の近所の薬局に行ってみたが、どこも入口に「コロナ検査キットの在庫はありません」の張り紙がしてあった。しかたがないのでバスに乗り、覚えている限り薬局があるバス停で降り、探して回った。「三千里」はさすがに大袈裟だが、検査キットを求めて歩き続けた。図書館と市役所にも行ったが、どこにもない。最後に病院の薬局に行ったのは、病院にないわけがないと思ったからだった。が、切らしているという。

「もうどこにもないんでしょうか。家族ががんで入院中なので、検査キットがないと面会に行けないんですけど」

こんなことを言われても薬剤師の女性だって困るだろうが、つい愚痴ってしまった。彼女は何かをさらさらとメモ紙に書き始める。

「ここに行けばまだあると思います」

メモを渡されて驚いた。それはわが家から歩いて5分のところにある地元のコミュニティセンターの住所だった。

灯台下暗しとはこのことか。早速コミュニティセンターに行ってみると、大晦日はいつもより早く業務を終了するようで、後始末に追われている若い女性が一人いた。

「ここに検査キットがあると聞いてきたのですが」

声をかけると、髪の毛の先にカラフルなビーズをつけたラスタヘアの女性が、

「あります。そこから持って行ってください」

と、壁際の棚を指さした。10箱ばかり検査キットが積み上げてある。感動しながら近づいていくと、

「早かったですね」

と女性が言った。

「え？」

「電話があったんです。あなたが来るかもと」

まさか病院の薬局がそんなサービスまでしているわけはないだろうと不思議に思っていると、彼女は言った。

「あれ、わたしの姉なんです。あなたにここの住所を渡した薬剤師」

そう言われてみれば髪型や服装は全然違うけど、顔立ちがよく似ている。

「……そうだったんですね。お姉さんによろしくお伝えください」

わたしは棚から検査キットを取ってバッグに入れた。女性はテーブルの上に散らばったティーカップを片付けていた。

「よいお年を」

そう言うと、彼女が微笑しながらこちらを見た。

「あなたも、心安らかな新年を」

知らない人たちのやさしさの連携が身に沁みた。A CUP OF KINDNESS.「蛍の光」の元歌の歌詞にそんな一節があったなと思いながらわたしは外に出た。

濡れた脱脂綿

「冬の英国の濡れた脱脂綿のような空」という表現は、うちの連合いの言葉である。彼がそれを言ったとき（もう20年以上前だと思う）、なんて秀逸な比喩だろうと感心した。本を読まない人（20年以上前からホリデーのたびに同じ本を持っていく。まだ10ページぐらいしか読めていない）だから、どこかで読んだ言葉ではないだろう。「俺のオリジナル」と彼は主張している。だから、実はこの表現をパクらせてもらったことが何度かある。

連合いはいわゆる「コックニー」である。イースト・エンドと呼ばれるロンドン東部の街で生まれ育った人のことをそう呼ぶ。再開発と国際化が進んだロンドン東部では、下町らしい町並みも姿を消し、昔ながらのコックニー英語を操る人も希少になったと言われて久しい。ひょっとすると、連合いなんかが「最後のコックニー」世代なのかもしれない。

「濡れた脱脂綿」という表現を彼から聞いたときも、「さすがコックニー」と感心してしまった。コックニーは比喩を交えてしゃべるのが好き、とロンドンの語学学校で教わったことを思い出したからだ。例えば、日本では中学校で教わる「as ~ as」（~と同じぐらい）構文だが、コックニーがいかにこれを多用するかは、マイケル・ケイン主演の1960年代の映画『ミニミニ大作戦』などを見ればわかる。そして「as ~ as」の慣用表現は、英国で英語を学んでいる海外出身の学生を大笑いさせるものが多い。

「as cool as a cucumber」なども「キュウリと同じぐらい冷静」という意味だが、どうしてキュウリが常に冷静だとわかるのかという点は英語学習者の笑いを誘うし、coolという言葉に「冷たい」という意味もあることを利用しての喩えだったとして、ひんやりと冷たい物体はほかにもいろいろあるものを、なぜキュウリでなくてはいけなかったのかという疑問も残り、やっぱりおかしい。「as tough as old boots」（古いブーツと同じぐらいタフ）というのも、「She is as tough as old boots.」と聞かされていた人に会うと、そのエレガントな女性の姿が古くてごっついブーツのイメージとだぶり、シュールな喩えに笑いそうになったこともある。わたしがこれらの表現を愛するのは、喩えに使われているモチーフが、キュウリとか古いブーツとか、やけに生活感あふれる物たちだからだ。その点でいえば、冬の曇り空を濡れた脱脂綿で表現した連合いの比喩もきわめて英国的なのかもしれない。

さて、その連合いはまだ入院中である。面会に行くと、途中で看護師さんや配膳の方などが入って来て、多くの人からケアを受けていることを実感する。しみじみ思うのは、英国のNHS（国民保健サービス）は移民に支えられているということだ。2年ぐらい前、テレビで見たドキュメンタリーに、コロナに感染して重篤化し、生死のはざまを彷徨《さまよ》った高齢の看護師のエピソードがあった。1970年代に英国に来たという彼女が退院するとき、NHSの職員がずらりと廊下に並んで拍手で見送るのだが、それがもう本当に国際色豊かで、ここの映像だけ見た人には、どこの国の病院を撮影したものか見当もつかないだろうと思った。わたしはあるインタビューでそのドキュメンタリーについて触れ、廊下にずらりと並んでいるNHS職員の様子を「まるで国際連合軍のような」という言葉で表現したのだが、すぐに発言を取り消した。いくらなんでも「軍」という言葉はまずい。コロナと戦う、みたいな感じになってしまうし、病院と軍隊を同じように扱うなどもってのほかである。

それに比喩としても、「濡れた脱脂綿」に比べると、なんというベタで想像力の欠片《かけら》もない喩えなのだろう。

そんなことを考えながら、病院のベッドで寝ている連合いの脇に座り、窓の外の冬の空を眺めていた。まさに連合いの比喩のように白々とした重たい雲に覆われ、いまにも泣き出しそうな曇り空だった。ふと、この比喩を連合いが初めて使ったときに言っていたことを思い出した。

「10代の頃、朝起きてベッドから窓の外を見ると、毎日毎日、濡れた脱脂綿みたいな空が見えた。こんなクソみたいな国、絶対に出て行ってやると思っていた」

実際、若いときにはスペインやオーストラリアに住んだり、イスラエルのキブツ（農業共同体）でバナナを作ったり、バックパックを背負って世界中を放浪した人である。英国に戻って落ち着いてからも、毎年どこか青空が見える国に旅行しないと気が済まなかった。だけど、コロナ禍になってからは海外に行くことが難しくなった。そしてがんが戻ってきたいまは、外出すらままならない。

それでも、こうして寝ているだけでも、さまざまな国から来て働いている人々が連合いの病室を訪ねて来てくれる。ベッドサイドのテーブルに、「薬は飲みました」「検温ですか?」という言葉がさまざまな言語で書かれている紙ナプキンが置いてあるのを見つけた。きっと看護師さんたちに教えてもらっているのだろう。連合いの病室に青空を届けてくれている人々に心から感謝する。

ライフは続くよ

スーパーマーケットで働きながら、同居する母親の介護をしていた友人がいた。彼は本と犬をこよなく愛する労働者階級のおっさんだったが、母親の認知症が進んだとき、彼女が以前はかわいがっていた愛犬を嫌がるようになったので、犬を手放した。でも、母が亡くなった後、預け先から戻してもらい、毎日のように犬連れでジョギングをしていた。もう60代なんだから無理しないほうがいいよと言っていたら、突然見かけなくなった。急に息苦しくなって走れなくなったと言う。走るのをやめても息苦しさが続くので診療所に行くと、専門医を紹介され、検査を受けたらがんにかかっていた。

それから半年も経たないうちに彼は亡くなった。突然だった。そして、彼の葬儀の数週間後にはうちの連合いががんで入院した。そのときのわたしの心情的な落ち込みといったら、こんなに弱体化した姿を見たことがないと息子が驚いたほどだったが、時間の経過は人を落ち着かせる。

冷静に考えてみれば、これは英国の寿命格差をリアルに反映した現実とも言える。英国公衆衛生庁が発表した試算によれば、イングランドにおける2020年の英国の男性の平均寿命は78・7歳だ。新型コロナの影響か、19年から1・3歳減少している。そして、最も裕福な地域と最も貧しい地域の男性の寿命の差も広がり、10・3歳も違うというのだ。そう考えれば、労働者階級の男性たちが60代で亡くなるのはそれほど珍しい話ではないのである。

労働者階級の人々は、所得や学歴、資産額が低く、不安定な仕事に就いていることが多いので、社会的、経済的なストレスを抱えがちだ。長時間労働で、睡眠もきちんととれていないことが多い。重労働で体を駆使しているのに食事も適当なもので済ますことが往々にしてあるので、このようなライフスタイルが平均寿命に影響を与えているとよく言われる。だとすれば、これは何も現代に限った話ではないだろう。例えば、映画『タイタニック』で上階の客室にいる裕福な人たちと、下階に寝泊まりする貧しい人たちの平均寿命が同じだったとはちょっと考えにくい。実際、20世紀初頭のロンドンのイースト・エンドの貧民街に潜入してルポを書いたジャック・ロンドンは、著書『どん底の人びと　ロンドン1902』の中で、「ウエスト・エンドの人びとの平均寿命は歳五十五であるのに対し、イースト・エンドでは三十歳である」と書き残している（ウエスト・エンドは裕福な地域で、イースト・エンドは貧しい地域だった）。

こうした現実の苦さと厳しさを直視すると、センチメンタルな気分も冷めていく。そんなわけでわたしは今日も淡々と近所のコミュニティセンターにコロナ検査キットをもらいに行くのであった。

実はこのセンターは、昨秋亡くなった友人が入り浸っていた場所でもある。近所の図書館に通い詰めていた彼は、その図書館が閉鎖され、このコミュニティセンターに図書室という形で移動してからはこちらの常連になっていた。しかし、この図書室というのが曲者で、地元のお母さんやお父さんが幼児を連れてきて遊ばせることができる子ども遊戯室と兼用になっている。というか、正確には、子ども遊戯室の一角に置かれた段ボール箱に絵本が入れられ、その脇にテーブルとコンピューターが1台置いてあるだけで、これを図書室と呼ぶのは詐欺だろうと言いたくなるようなありさまだった。

その問題の部屋は、わたしがいつもコロナ検査キットをもらっているコミュニティカフェの隣にある。年末から幾度となくこのセンターに来ているが、友人が亡くなって以来、隣室は覗いたことがなかった。週に2日は必ずここに来ていた彼が、いまもテーブルに着いて本を読んでいるような気がして、彼の不在を確認するのが怖かったのである。

だが、今日はカフェの奥の扉が開け放たれていて、ついに隣室を見てしまった。

「え」

と、わたしは二度見した。そこには図書室の風情があったからだ。子ども遊戯室の壁に背の高い本棚が4つ並んでいる。わたしはふらふらと隣室に入って行って本棚の前に立った。見覚えがある本棚だからだ。そしてそれは、わたしの仕事部屋にあるものと同じだからという理由ではない。

「本棚を取り付けられたんですね」

子ども遊戯室兼図書室の係員に言うと、彼女は答えた。

「はい。ここをよく利用していた方が寄付してくださったんです」

それらは亡くなった友人の家にあった本棚だった。イケアの「ビリー」がコスパ面ではいいぞ、と彼に勧められてわたしも同じ本棚を買ったのだから、忘れるわけがない。

もうこの部屋に彼は座っていなかったが、彼が使っていた本棚がある。

ぼんやりしていると、小さな子どもがトコトコと本棚に近づいて、低い位置に並べてある絵本を必死で取り出そうとしていた。

ライフは続くよ。

圧倒されるにいたらない日々

なんだか最近、暗い話ばかり書いている。ここらで一発ユーモアがほしいところだが、日常には愉快な話が転がっていない。だから映像の中の「笑い」の話でもしたいと思う。

Netflixの『ドント・ルック・アップ』という映画が話題になっている。レオナルド・ディカプリオやジェニファー・ローレンス、メリル・ストリープなど錚々《そうそう》たる顔ぶれが出演していて、日本でも今年のお正月ぐらいに、作家や批評家、編集者などの方々が「最高だった」「笑った」などのツイートをさかんに投稿しておられた。すでに映画を観られた方には申し訳ないが、未見の方々のために少し内容に触れておくと、巨大彗星が6ヵ月後に地球に衝突することを把握した天文学者とその教え子が、政治家やメディアに人類滅亡の危機を訴えようとするのだが、まともに取り合ってもらえないという話だ。彗星衝突なんて陰謀論だとバッシングする人々だけでなく、彼らを使って儲けようとする人、政治的に利用しようとする人などが現れてしっちゃかめっちゃかになり、彗星がだんだん地球に近づいているという現実から人々の目を逸らすため、米大統領は「ドント・ルック・アップ（空を見上げるな）」と言って扇動を始める、というブラック・コメディだ。

これを観たとき、わたしが真っ先に思い出したのは『２０３４　今そこにある未来』というタイトルの英国が舞台のドラマだった。２０１９年にＢＢＣが放送したこのドラマと前述の映画は、トランプ前大統領の登場やポピュリズム、陰謀論などの社会問題を風刺しつつ、近未来を描いている点でよく似ているのである。

しかし、二つの作品は、扱っている題材は似ていても、アプローチのしかたがまったく違う。英国に住んでいる地元民の欲目もあるのかもしれないが、わたしは英国産のほうが好きだ。なぜだろう。

ここに、笑いのセンスの違いという問題が浮上するのである。

どちらの作品も、政治や社会を皮肉るアイロニーに満ちた映像ではあるのだが、米国産の『ドント・ルック・アップ』が戯画的であるのに対し、英国産の『２０３４　今そこにある未来』はリアルで等身大なのだ。だから、前者は大笑いして終わるタイプの作品だが、後者は笑いのセンスがやけに物悲しく、ひたひたと胸に押し寄せてくる感動さえある。

その理由には、作り手の目線もあるのではないか。前者は「みんなバカだ」という目線で撮られているが、後者には明らかに「バカばっかりだけど、そのバカの一人は自分」という目線の低さがある。だから嘲笑になっていない。アイロニーをペーソスの領域にまで持っていっているというか。

「そういう目線になるのは、やっぱ、俺たちの国のほうがしょぼいからじゃないか」

と言ったのは連合いである。以前なら、このような話は映画評や劇場用パンフレットの原稿に書くだけのものだったが、最近、連合いとよくこういう話をする。病床にある彼は、ほかにすることもないので、病院に持って行ったわたしのｉＰａｄで映画やドラマばっかり観ているからだ。

「しょぼい」というのは、連合いが使った「underwhelming」という言葉を勝手にわたしが訳したものだ。「overwhelming（圧倒される）」の対義語としての「underwhelming（圧倒されるにいたらない）」である。これは米国と比較して英国を語るときにはぴったりの言葉だと思う。その理由は、ホワイトハウスと英国首相官邸を見比べただけで明らかだろう。

「ははは。その言葉、まさに英国のためにあるような……」

「だろ。俺はこの国を表現する言葉にこれ以上のものはないと思う」

と言いながら苦々しい顔をして連合いがベッドの上から窓の外を見たので、また「俺の人生もunderwhelming」とか暗いことを言い出しそうな予感がして先手を打つことにした。

「でも、だからわたしはこの国に来たんだろうと思うよ。しょぼいほうが合ってるもん」

実際、そうなのである。子どもの頃、周囲の少女たちがみんな「アメリカに行きたい」と言っていたときに、なぜかわたしだけは「イギリスがいい」と言っていたらしい。しょぼい国のほうが貧乏で地味なわたしの身の丈に合っている、などという卑屈なことを小学生が考えていたとは思えない。が、華やかなものや派手なものが苦手な性質はおそらくその頃から一貫している。

だから、ひたすらすべてが真っ白で、何の飾り気もないＮＨＳ（国民保健サービス）の質素な病室の内装にしても、人が言うほど悪いものではないと思う。などということを考えていると、連合いの検温の時間になった。

今日は37度だった。圧倒されるにいたらない体温である。生活も、人生も、このぐらいがちょうどいい。この平熱と平穏がずっと続いてくれるといいのだが。

ある増殖とその連鎖

わが街ブライトンでは、2020年にコロナ禍が始まって以来、商店街のショップが一つ、また一つと閉店し、行動規制が完全に解除されたいまでもそのままである。こんなに不景気で寂しい街の光景を見るのは初めてだ。

そもそも、コロナ禍の前から「ハイ・ストリートの時代は終わる」と言われていた。「ハイ・ストリート」とは、英国では街や村の中心にある主要な繁華街を意味するのだが、オンライン・ショッピングのシェアが広がるにつれ、小売店に足を運ぶ人の数は減り、フィジカルに買い物に行く時代は終わるらしいのである。図らずもロックダウンがこれを加速させることになり、また、自宅待機で収入が減った人たちの購買欲も低下したため、ブライトンのハイ・ストリートはグローバル・チェーンの店舗以外はほぼ全滅ではないかと思うような壊滅的状況だ。

いや、グローバル・チェーンの洋服屋や靴屋でも、郊外の大型店舗は退店している。その後に入る店もなく、ガラス張りの店舗前面が汚れていつしか灰色になり、「2020スプリング・コレクション」と書かれたバナーが床にずり落ち、裸のマネキンと共に長く置き去りにされている姿は侘しかった。うちの近くにそういう店舗が2つほどあった。

ところが最近、異変が起きた。どちらも大掛かりな改装が施され、新店舗になったのである。コロナ前は、1軒は洋服のグローバル・チェーン店で、もう1軒は家具屋だったが、2軒とも、あるショップの別の部門になった。ペットショップのペット用品部門とグルーミング部門になったのだ。

コロナ禍中に急成長したのがペット業界だったのは世界共通らしい。英国はもともと動物好きの人が多い国であり、「もしかしたら人間より動物のほうが大事ですか」と思うほど動物愛護にもうるさい（いや実際、「人間より動物が大事」と公言する人たちもいる）。こういう人たちがコロナ禍で孤独にさらされるとどうなるかと言えば、ペットを飼い始めたり、すでにペットを飼っていたのに数を増やしたりする。こうして空前のペットブームが起き、人間の洋服や食べ物の店はどんどん潰れ、ペットの服や食料を売っている店に取って代わられているのだ。

実際、ふだんは滅多なことでお金を使わない人たちが、ペットのこととなると急にデレデレとなり、「高いドッグフードじゃないと、うちの〇〇はお腹を壊すから」とか、「好きそうな玩具があったからつい買ってあげちゃった」とか言って財布の紐を緩める。ママ友にもそういう人がいる。彼女は消費社会や資本主義に批判的だったはずなのだが、愛犬のためにはめっちゃ消費して資本主義を支えている。

動物病院も大忙しだそうで、コロナ禍中にペット保険の保険料が急上昇したにもかかわらず、加入者が増えている。そういえば、わが家の猫が数年前に小さな手術を受けたとき、保険に入っていなかったので20万円近い額を請求されて連合いが驚き、猫が術後にぐったりして何も食べない様子を見て、真顔で説教していたことがあった。

「いいか、メシを食って元気にならんと、もう病院には連れて行けんからな。うちにはそんな金はないから、生きたかったら食え。死にたいなら食わんでいい」

すると猫はなぜかスッと立ち上がり、茹でた鶏のささ身を食べ始めた。貧乏な家の猫はそんなことを言われなければいけないのかと思うと不憫《ふびん》だが、それから奇跡的な回復を果たしたのだから、日頃からお金をかければペットのためになるというわけでもなさそうだ。

とはいえ、ペットにお金をかけること自体を楽しんでいる人たちもいて、前述のママ友なども愛犬の散歩中に道で出くわしたとき、「これ何だと思う?」と言って長い柄のついた大型クリップのようなものを見せてきた。犬の排泄物を挟んで取るものらしい。ビニール袋を手袋代わりにして排泄物を拾った時代は終わったのか。こんなものをいちいち持参して犬の散歩に行かなければならないのかと思うと、便利な時代になったようなそうでもないような感じだが、さっきまで誇らしげにしていたママ友が「あれ、開かなくなった。あれ？」とか言って、急に大型クリップと格闘し始めた。

「これバネが固いのかなあ。時々こんなふうに開け閉めできなくなるんだよね」と言う。

そういえば最近、近くの公園を歩くときは注意して見ていないとよからぬものが地面にいくつも落ちていて、踏みそうになる。ママ友によれば、くだんの大型クリップは近所のペットショップの売れ筋商品らしい。コロナ禍で増殖したペットたちが別のものまで近隣で増殖させてやしないだろうか。という暗い疑惑をわたしは抱いた。

遅すぎることはない

英国の人々がよく口にする言葉に「Never too late.」というのがある。「Never too late to learn.（学ぶのに遅すぎるということはない）」「Never too late to start.（始めるのに遅すぎるということはない）」というふうに使われ、「いくつになっても新しいことは始められる」という意味だ。

英国に来てわたしが驚いたことの一つは、この国にはいくつになっても新しいことにチャレンジする人々がいて、世間もそれに対してとやかく言ったりしないということだった。日本なら、20代の頃は新人で、30代、40代で中堅になり、50代でキャリアが出来上がり、あとは引退を待つ、という構図があったように思うが、この国は違う。いくつになっても「やりたいときが始めどき」とばかりに新たなキャリアに挑戦する人が多く、50代で看護師になるためにカレッジに通う人や、50歳の誕生日の直前に銀行員をやめてガーデナー（庭師）の見習いになった人に会ったこともある。

そうした「Never too late」文化を体現するような連載が英紙『ガーディアン』で始まった。タイトルも「60歳からの新たなスタート」。60代で人生の大転換に踏み出した人たちのインタビューの連載だ。

60代で農業を始めたカップル、仕事をやめて自分の店を始めた人など、身近にいそうな人々の談話もあるが、なかには70歳でバーレスク・ダンサーになった人や、64歳でパイロットの免許を取り、現在は宇宙飛行士候補者の公募に応募中という人なんかもいて、いくつになってもその気になったら人は何だって始められるんだなあと感心させられる。

70歳になる手前でトランスジェンダーをカムアウトした人の体験談も印象的だった。68歳で大腸炎にかかって入院していた間に、それまであまり使わなかったインターネットを見ていたら、トランスジェンダーの著者が書いたブログを見つけたという。それを読んでいると、自分が感じた過去の痛みと重なってきて、きちんと向き合わなければいけないと思うようになったそうだ。結局、40年以上連れ添った妻にトランスジェンダーであることを告げ、二人で地元のサポートグループに通うようになった。不思議なことに、トランスジェンダーをカムアウトすると大腸炎が治り、手術の必要がなくなったらしい。もし自分が10代や20代のときにインターネットが存在していたら、もっと早くにカムアウトしていただろうという本人の言葉が印象的だった。

69歳で心理カウンセラーになった人の話もあった。60代でデンマーク語を学び、デンマークで資格を取ったそうだ。いまはノルウェーで虐待を経験した移民たちのカウンセリングを行っているらしく、ようやく自分の天職を見つけたと語っていた。天職なんて誰もが若いときに見つけられるとは限らないし、もしかすると年齢によって天職は変わるものなのかもしれない。

そういえば……と思い当たるフシがある。わが家にも60代の人間がいるからだ。該当者である連合いは現在、がんの治療中だが、昨年末、がんを宣告された直後にコロナに感染し、一時は「覚悟をしてください」と家族が言われるような病状に陥った。が、幸運にも一命をとりとめた後で、彼はこんなことを言ったのである。

「もしもがんが治るようなことがあれば、一つだけやりたいことがある」

「……何?」

ベッドの脇に立っていたわたしが尋ねると、彼はこう答えた。

「もう一度、子どもを育てたい」

「は？　わたし、もう産めないよ」

わたしがやや狼狽《ろうばい》しながら言うと、連合いは言った。

「いや、そうじゃない。親が必要な子どもはたくさんいるだろう。また子どもが育てたい」

あまりにもアウト・オブ・ザ・ブルー、つまり青天の霹靂だったので、わたしは思わず「なんで?」と尋ねた。

「俺、これまでいろんなことをやってきたけど、子どもを育てるのが一番楽しかった」

と連合いは言う。確かにうちの息子はもう16歳だし、それでなくとも分別くさい若年寄みたいな人間なので、わが家ではもう子育ては終わった感が濃厚にある。だが、こんなことを彼が考えていたとは知らなかった。

「おまえは保育士だったし、俺たち、里親になれるんじゃないか」

病院のベッドで上体を起こした連合いは、人差し指で天を指さしながら言った。

「あそこにいるやつが俺をもうちょっと生かしてみようという気になったら、だけど」

「あそこにいるやつ」が何を考えているかは人智の及ばないところだが、人智の及ぶ範囲で人間は助け合うことができる。

「そうなったら、協力するよ」

とわたしは言った。

いくつになっても、どんな状況になっても、遅すぎることはない。人を生かすのはたぶんそのスピリットなのかもしれない。

「そんなものだ」ホラー

ウクライナ戦争が始まって以来、日本から航空郵便が届かなくなった。いや、正確にいえば、封書は届くのだが、献本や資料などの書籍が英国に郵送できなくなってしまったらしい。コロナ禍が始まった頃にも同様の問題が勃発した。が、あのときは荷物が届かないということはなく、3ヵ月ぐらいかかって連載の掲載誌が届いたりした。つまり、いちおう到着するにはしていたのである。

不思議なことに、英国からは普段どおり航空便で日本に郵送できている。だが、日本の郵便局に行くと「英国には送れません」と言われるそうだ。ウクライナ情勢の影響で、輸送手段が確保できないからだという。船便なら大丈夫らしい。いったいいつの時代なんだよ、と思うが、「そんなものだ」と思って生活するしかない。

それにしても、パンデミックに戦争にと、昨今の世界はいろんなことが一斉に起こりすぎである。国際郵便が届かなくなるとか、海外旅行ができなくなるとか（例えば、これを書いている2022年3月末の時点でも日本は外国籍の人が観光目的で入国することを禁じている）、そういうことが現実に起こるとは、ほんの数年前には思いもしなかった。100年前の世界じゃあるまいし、人も物も自由にスピーディーに国境を越えて動けるものだと信じ、疑いもしなかったのである。

それがまあ、短期間で世の中が一変した感があるが、この不便さにしても「そんなものだ」と思っているうちにだんだん慣れていくのだろう。

先日、日本の人とZoomで打ち合わせしていたとき、この「そんなものだ」と慣れる感覚は恐ろしいという話になった。彼に言わせれば、日本でそれを痛感するのはコンビニやスーパーで買う食品だという。円安や何やで物価が上がっているのは確かだけど、日本の場合は商品の値段を上げるのではなく、パッケージの中の食品を減らすことで対応しているケースが多いらしい。つまり、価格は据え置きなのだが、明らかに量が減っているので、結局は値上がりと同じことになる。バーンと正面から値上げするのではなく、コソコソやっているところがなんとなく姑息な感じのするやり方だ。

打ち合わせの相手も、最初はそのことに憤りを覚えたそうだが、どこの企業も同じことをやっていると「そんなものだ」と思うようになったという。それに、そもそも日本は高齢化が進んでいるのだから、年をとるとみんなそんなに多い量は食べられない。それならパッケージの中の量を減らすぐらいのほうが、食料を無駄にせずに済むからいいのではないかと前向きに捉えるようになったという。

そんなことを言っても、日本にも食べ盛りの子どもや若者だっているのだから、少量になってしまったスナック菓子やお弁当などに不満を感じる人たちもいるだろう。「そんなものだ」がホラーである所以《ゆえん》は、状況を前向きに捉えて自分を納得させているうち、その状況を前向きに捉えられない人々の声を抑えつける側に回っていることが往々にしてあるということだ。

この「そんなものだ」現象は、英国のコロナ感染状況にもそのままスライドできる。英国はコロナ関連規制を完全に撤廃したので、入国者の規制もいっさい行っていないし、マスク着用すら義務化されていない。だから最近、スーパーや薬局に行ってもマスクをしているのはわたしだけだったりして、珍しいものでも見たような目で人々から見られるときがある。ほんの数ヵ月前まで、あなたたちだってマスクをして買い物していたじゃないですか。と言いたくなるが、本当に年々、人々の記憶のスパンが短くなっているように感じる。

わたしがいまでもマスクを着用しているのは、退院して自宅で抗がん剤治療を続けている連合いがいるからであり、そのため、英国の人々がいかにコロナ禍を過去のものにしようとも、わが家だけはいまも事実上のロックダウン中なのである。

現時点で、英国では過去28日間のコロナ感染による死者数も入院者数も増えているのだが、なんかもう「そんなものだ」と考えて生きていくしかない、みたいな感覚が蔓延している。うちの連合いのようにがん治療中の人や免疫不全のある人、そしてその家族といった、社会全体にとっては少数派ではあるが確かにいる人々の存在はかき消されてしまっているのだ。コロナ禍の出口には、その最中とはまた違った独特の恐ろしさがある。

などと書いたところで、わたしにしても、連合いががんにかからなければ、たぶんこういうことを切実に考えたりはしなかっただろう。「そんなものだ。いつまでもビクビクしていたってしょうがない」と言って、おおっぴらにマスクなしで外出しまくっていたに違いないのだ。

「そんなものだ」が怖いのは、そう考えるようにしているうちに本気でそう考えるようになっているということである。このホラーから逃れるには、「そんなもの、なのかな？」と常に疑う、ノリの悪いちょっと嫌な人でいるしかない。

味覚は人の記憶を強烈に呼び覚ます

わたしが「保育士として働いていた頃」と書くとき、慈善団体が経営する長期無職者支援施設内の無料託児所に勤めていた時期（ここでの体験は『子どもたちの階級闘争』という本になっている）と、地方自治体が運営する移民向け英会話教室の移動型託児所に勤めていた時期、そして慈善団体とも地方自治体とも関係ないふつうの保育園に勤めていた時期、の3つの時期がある。保育士時代の経験を書くと、すべて『子どもたちの階級闘争』時代の話かと思われてしまいがちだが、実はそうではない。

で、民間経営のふつうの保育園で働いていた頃の同僚にゲイの若い男性がいた。彼はイングランド北部からブライトンに引っ越してきた人だった。ブライトンは英国のゲイ・キャピタルと言われるほどLGBTQ人口が多く、クラブや洒落たカフェやアートショップが並んでいるLGBTQストリートと呼ばれる通りもある。その若い同僚は、ティーンの頃からブライトンに憧れていて、おおっぴらに同性愛者であることをエンジョイできる街で暮らすことを夢見ていたらしい。

彼はとても料理が上手で、よくケーキやクッキーを焼いてきては、休憩室でみんなにふるまっていた。わたしはマークス&スペンサーというスーパーのマデイラケーキが大好きで、（わたしの知る限りでは）それが英国で買えるマデイラケーキの中では最も日本のカステラに近いからなのだが、そのことを何かの折に職場でしゃべったことがあった。すると彼はそれを覚えていてくれて、「マークス&スペンサーのマデイラケーキを自分で焼いてみた」と言って、わたしの誕生日にきれいにラッピングされた手作りケーキをプレゼントしてくれた。

わたしはさっさとランチタイムに休憩室で包みを開け、箱の中から長方形のマデイラケーキを取り出した。もうカットした瞬間から、それがマークス&スペンサーのケーキの完璧なコピーであることがわかった。ナイフを入れたときのスポンジの湿り気がほかとは違うのである。ボソボソ崩れたり、生地がよれたりせず（なんか化粧品の話をしているみたいだが）、しっとりとまっすぐに美しい断面でカットできるのだ。

「オー・マイ・ゴーッド！　この湿り気！　水分量がすべてを決めるのよ。すごい、これは天才の仕事！　やばいやばいやばい」

とか言って大騒ぎしている最年長の保育士を見ながら若い同僚たちは笑っていたが、みんなにカットしたケーキを渡すと、彼女たちも口々に褒め始めた。

「えー、ほんとにおいしい！　マークス＆スペンサー超えたかも」

「こっちのほうがしっとりしているよね」

「こんなおいしいマデイラケーキ食べたの初めて」

などと称賛の嵐になったのだったが、作った本人はわたしたちの後で休憩をとることになっていたのでそこにはいなかった。

教室に戻ってから、みんなが彼に「おいしかった」「最高だった」とマデイラケーキのお礼を言っていた。

その日の職場はおいしいケーキの話でもちきりだった。仕事を終え、ロッカーから荷物を出して帰り支度をしていると、彼が近づいてきて紙袋をわたしに差し出した。

「ミカコのことだから、待ちきれずに休憩室で食べるかもしれないと思って、実はもう一本焼いてきた」

紙袋の中を覗いてみると、本当にタッパーウェアのケースに入ったマデイラケーキが見える。

「えー、めっちゃ嬉しい！　ありがとう。たぶん今晩、一気に全部食べると思う」

と言うと、彼は笑った。

「僕こそ、そんなに喜んでもらえてすごく嬉しい」

そういえば、前に彼は、実家があるのは小さな田舎の村で、ティーンの頃はマッチョな友人たちに囲まれていたから、ケーキを焼いても誰にもそれを見せられなかったし、食べてもらうこともできなかったと言っていた。

わたしは思わずしんみりしてしまったので、

「いくらでも喜んであげるから、これからもがんがん焼いてきな」

と彼の肩を叩きながら言ったのだった。

英国人の女性ばかりの職場で、わたしと彼はいわゆる多様性を担保するスタッフだったので、ほかの人たちにはわからない部分で通じ合えるところがあった。この日にしても、みんなが気を遣って選んでくれたのはわかるのだが、誕生日のプレゼントにチャイナ柄のスカーフとか、招き猫の置物とかをもらうより、マデイラケーキのほうが嬉しかったのだ。

そんな昔のことを思い出してしまったのは、マークス&スペンサーでマデイラケーキを買ったら、いつの間にか食感が変わっていたみたいだからである。さらにしっとりと軽くなり、あのとき同僚が焼いてくれたマデイラケーキにいよいよ近づいている。

彼はその後、保育園をやめてロンドンに引っ越していったのだったが、いまごろどうしているだろう。

味覚は人の記憶を強烈に呼び覚ます。これだけはＺｏｏｍやスカイプを通した人づきあいでは得られないものだ。

偶然は怖くない

何においてもそうだが、わたしたちはいろんなことを理解しようとして本を読んだり、自分なりに分析したりして頭の中でわかろうとする。わかる（と自分で思う）ようになるとスッキリするし、なるほどそういうことなのかと思えるようになれば、似たような事象に出合ったときに「え、こんなの初めて」と動揺しなくなる。つまり、自分は無防備であるかもしれないという不安が解消されるのだ。

ということは、人間は安心感を求めてさまざまなことを学ぶのだろう。「わかったからもう怖くない」が学びの原点だとすれば、人に本を読ませたり、情報収集させたりする原動力は不安回避願望ということになる。

とはいえ、世の中ではこの不安回避願望や調査・学習の成果を吹っ飛ばすようなことが時おり発生する。

どうしてよりにもよってこのタイミングで起こらなければならなかったのか、というような偶然が現れ、人間の小さな思考力でちまちま考えても因果関係がさっぱりわからない領域を垣間見せるのである。

例えば数年前、エンパシーとシンパシーという概念について原稿を書いていたとき、久しぶりに日本食料品店で買ってきた豚骨ラーメンを作りながらｉＰａｄでサッチャー元首相に関するドキュメンタリーを見ていた。さあ、できました、とボウルにラーメンを入れ、座ってズルズル食べ始めたところで、「彼女にはシンパシーはあったけどエンパシーはなかった」というサッチャーの元側近の声が耳に飛び込んできたので、麺が喉の奥の変なところに入って死ぬかと思うほどむせたことがあった。どれほど本を読んでもわからなかったことが、ラーメンを食べていたら降ってきたのである。

さらに、今年の元旦にＮＨＫラジオの『高橋源一郎の飛ぶ教室』にライブ出演したときもそうだ。日本時間の夕方というのは、英国ではマイナス9時間（冬時間の場合）の時差があるため朝になる。早起きをして、二日酔いのぼんやりした頭で自分の出番である後半の新春座談会を待っていたら、前半は谷川俊太郎さんの特別インタビューだった。

ここでもわたしはまた、コーヒーを喉につまらせてむせることになった。なぜなら、岩波書店の『図書』という雑誌で谷川さんとの往復書簡連載が始まることになっていて、1回目の原稿を年明けには出すよう言われながら、まだ手もつけていなかったからだ。これなどは担当編集者の怨念を感じずにはいられない偶然だが、まさか彼女が陰で糸を引いていたわけでもあるまい。

そして、最近でもっとも驚いた偶然は、連合いががんで入院し、院内感染でコロナにかかって危険な状況に陥っていたときに起きた。

自分もコロナにかかって高熱で朦朧としていたわたしは、それでもキッチンで息子の夕食を作っていたのだったが、体が弱っていたせいか、ものすごくネガティブな気分になってしまった。で、数年前に亡くなった連合いの実兄の名をなぜか叫んでいたらしい。

連合いの兄姉のなかでも、わたしと一番仲がよかったのは彼だった。ずっと独身で、ほぼ引きこもりのような状態で生きた人だったが、とてもインテリジェントで、毎朝ミサに通っていたほど信心深かった。長年アイルランドの田舎で義母とともに暮らし、晩年は義母の介護をしていたが、義母が死去した2ヵ月後に、義兄もひっそり自宅で亡くなっていた。なぜかわたしは、こんなときに頼りになるのは彼しかいない気がして、

「兄弟仲がよくなかったのは知ってるけど、助けてあげて。お願いだから」

と天井に向かって義兄の名を叫んでいたと、後で息子に聞かされた。

その数日後、連合いの容態が落ち着き、しゃべれるようになったとき、彼は病院から電話

をかけてきてこんなことをわたしに言ったのだった。

「昨日、病室の清掃に来てくれたのが高齢の白髪の男性だったんだけど、死んだ兄貴にそっくりだった。こう、小太りの体形とか、前頭部の禿げ具合とか、のっそりした体の動かし方とか。『あなたによく似た人を知ってます』って言ったら、にっこり笑って部屋を出て行った」

それを息子に話すと、

「ええっ、鳥肌が立った。怖い。でも……、サンキュー」

と言って空を見上げながら胸で十字を切った。

コロナ感染の隔離期間を終えて病院に面会に行けるようになったとき、この清掃の男性について看護師さんや病棟の受付の人に聞いてみた。が、誰も知らなかった。清掃係やリネン係は派遣会社から来ているし、わたしが説明するような外見の男性は見たことがないと言う。

単なる偶然には違いないが、どうしてあのタイミングで義兄にそっくりの人が連合いの病室にやって来たのかわからない。

どう考えても理解できないことが世の中にはあるのだ。だがそれらは、必ずしも人間を不安にさせるものではないようである。

パスポート狂騒曲

「いつもどおりの夏がようやく戻ってきた」とばかりに、英国ではホリデーの話でもちきりだ。「ギリシャに行く」「マデイラ島でゆっくりすることにした」と、友人・知人から電話がかかってくるたびに休暇の予定を聞かされる。

去年も、その前の年も、飛行機が飛ばなくなったり、旅行先の国がロックダウンしたりして、海外での休暇は諦めるしかなかった。張り切って1年前から夏の旅行を予約する人たちもいるので、楽しみにしていたホリデーがキャンセルになって泣かされた人はたくさんいて、多くの場合、返金は現金ではなく、バウチャー（旅行引換券）として旅行代理店から支給された。当然だが、そんなものを使わずに家に置いておいてもしょうがないので、とにかくバウチャーがあるから旅行に行かなくては、と気合いを入れている人々も少なくなく、今年の夏の海外旅行需要はうなぎ上り。需要が増えるほど価格も上昇し、もはやバブルと言ってもよい。

しかし、そのバブルに作業がついていけない役所があった。英国旅券局である。ここのところ毎日のようにパスポート発行の遅延が報道されている。パスポート更新の時期が旅行直前だったり、旅行期間中だったりする人々が、何ヵ月も前から更新を申請しているにもかかわらず、出発に間に合わないケースが続出しているのだ。

近所の雑貨屋に勤めているパートの女性も、買い物で会うたびに次男のパスポートがまだ入手できていないとこぼす。彼女の場合、必要書類を送ったがいっこうに音沙汰がないので英国旅券局に連絡してみた。すると、書留で送ったにもかかわらず届いてないと言われてしまった。それでまた必要書類をかき集めて送ると、やはり何週間たっても旅券局から連絡がない。不安になって電話してみると、いまＩＴシステムのアップグレードをしているために書類が届いたか確認できないと言われてしまった。

数日後に電話してみてくれと言われたのでそうしてみると、「プーッ、プーッ、プーッ」と通話中の音が5回鳴ってブツッと勝手に切れた。ふつう役所というものは、通話が混んでいるときには、何か爽やかな音楽を鳴らしたりして、「ただいま混み合っておりますのでお待ちください。あなたの順番は7人目です」とかいう音声が聞こえるものだが、もはや旅券局はそれすらやっていなかったらしい。おそらくものすごい数の人々が電話してくるので、システムがついていけないのだろう。

それでも彼女は諦めずに毎日電話をかけ続け、ついに先方に繋がった。が、電話に出た係員は、なぜか彼女の子どものパスポートはウェールズの旅券局にあると言う。なぜイングランドの、しかも思いっきり南のブライトンで申請したパスポートがはるか西方のウェールズにあるのか不思議だったが、この時点で彼女とそのパートナーは強い旅券局不信に陥っており、「ではウェールズに取りに行きますので、そこから動かさないでください」と頼んで直接行くことにした。が、朝まだ暗いうちから車を飛ばし、ウェールズの旅券局の窓口に行ってみると、「うちにはありません」と言う。

怒り心頭に発した彼女は、翌日ロンドンの旅券局に殴り込もうとしたが、とんでもない行列が玄関前にできていて、それは1980年代のデュラン・デュランのコンサートチケット発売日以来、見たこともない長さだったという。

「それで、パスポートはゲットできたんですか?」

と聞くと、彼女は首を横に振った。彼女の順番が来る前に旅券局の営業時間が終わり、しかたがないのでブライトンに戻ってきて、翌日、息巻いて電話を入れたら、電話に出た若い女性が言ったらしい。

「まだ、あなたの子どもさんのパスポートは準備できていません」

「じゃあ、どうしてウェールズにあるとか言ったんですか？」

彼女が激怒して言うと、電話に出た女性はほとんど泣きそうな声で答えた。

「わかりません。その電話に出たのは私じゃありませんから。私は2日前からここで働き始めたばかりで、本当に何もかもよくわからないんです」

パスポート発行作業の遅延がスキャンダルになっているので、旅券局は臨時の派遣スタッフを多く雇ったようだが、その女性もそうした一人だったのだろう。

いまにも崩れ落ちそうな若い女性の声を聞いていると、彼女まで涙が出てきて電話の向こうとこちらで一緒に泣いたらしい。

今日現在、彼女は次男のパスポートをまだゲットできていないそうだ。ちなみに、彼女たちの旅行は来週の予定だ。こうなったら次男を祖父母に預け、残りの家族で旅行に行くしかないとも思うが、家族仲が著しく悪化してしまいそうでまだ言い出せずにいるらしい。

できるかな。久々の帰省

コロナ禍で長らく帰省することのなかった日本に行くことにした。以前なら、気軽にチケットを予約して、当日はスーツケースを持って空港に行き、機上で酒を飲んで寝ていたらあっという間に日本、という感じで何も考える必要がなかったので、ギリギリまで仕事ができた。

ところが、今回は違う。いろいろ準備することがあり、うまくいかないことだらけで仕事が手につかない。

まず、ウクライナ紛争のため航路はロシア上空を避けることになり、以前なら12時間弱しかかからなかったロンドン―東京間の飛行時間が数時間も長くなる。ということは、一緒に予約していた東京―福岡間の国内線への乗り継ぎに間に合わなくなるではないか。なぜ航空会社は、ネットでチケットを買ったときにこの国際線と国内線の組み合わせをおすすめしてきたのだろう。無理なセット販売ではなかろうか。

と思いながら当該航空会社のカスタマーセンターに電話してみると、これが繋がらない。しかも、先方は営業時間を短縮していて、10時から15時の間しか電話できなくなっている。さらに言えば、（こういうことが最近多いのだが）チャラチャラチャラランみたいな爽やかな音楽や「しばらくお待ちください」という音声すら聞こえない。呼び出し音が4回鳴ったら、ガチャッと切れる。

ネットで当該航空会社の名前を入れて検索をかけると、出てくる、出てくる、同じような経験をしている人々のツイートが。「全然繋がらない」「飛行機の出発時刻が変更されてトランジットに乗り遅れるんですけど」「電話をとってる人、一人しかいないの？」などの悲鳴と怒号が渦巻いている。

ホームページで何とかできないものか、と予約番号を入れて予約変更手続きのページに入ろうとしたら、エラーメッセージが出てきて「この予約に関しては、出発がキャンセルされた、または発着時刻に変更があった、などの理由で保留になっております。WEBではお手続きいただけません。こちらからご連絡しますのでお待ちください」と書かれている。

ということは、先方から連絡がくるのだな、と待っているのだが、出発が1週間後に迫った今でさえ、電話の1本、メールの1通もいただいていない。

これはもう、自分で別の国内線を予約しておいたほうがいいかもしれない。しかも、飛行時間が長くなったとすれば、福岡行きの最終便が飛んだ後にしか東京には着けないので、ホテルも必要になる。空港で寝る、などと言ったら、息子がぶーぶー文句を言うのは目に見えている。そっちの予約も必要だ。

国際線と国内線の航空券を一緒に買ったのに、しかもそのセット販売をしたのは航空会社なのに、自腹を切ってホテル代だの国内線代だの払うのはなんだか腑に落ちない。むかし、パキスタン航空の飛行機に乗ったとき、何らかの事情で飛行機が飛べなくなった際にはちゃんと航空会社が東京のホテルを手配してくれて、乗り換えのカラチでもホテルを用意してくれた。今回の某航空会社もしっかりその点はやってくれるのでは。と思う反面、何度電話をかけてもチャラチャラチャラ〜の音楽なしで勝手にガチャッと切れる対応の冷たさから受けるのは、「それどころじゃない」という印象だ。

安心を買うために（息子にぶーぶー言われないために）自腹で予約しておこうか、いや、やっぱりやめとこう、と逡巡している間に時間だけが過ぎていき、こんな行程すらはっきりしない日本行きがほんとに実現するんだろうかと思えてくる。それでなくとも何年かぶりで海外旅行なんてハードルが高いというか、面倒くさいのに、なかなか航空会社に連絡がつかないとかいう不確定要素があると余計に厄介に思えて、正直なところ行きたくなくなってくる。

いや、それでも行かねばならぬ。日本で仕事もあるし、福岡の親父が孫と会える日を指折り数えて待っている。そもそも今、世界中の人々がこの面倒くささを乗り越えて再び移動を始めなければ、世界はどんどん閉ざされ、危険な一国主義の時代へと突入していく。などと単なる自分の面倒くささをやたらマクロなレベルにまで広げて自らを叱咤する日々だが、実は最も大きな不確定要素はほかにある。

飛行機が離陸する72時間前までに受けるPCR検査である。もし、わたしか息子が陽性を示したりしたら、すべてがその時点でアウトなのだ。われわれは飛行機にすら乗せてもらえない。

それなのに息子は今晩、中学卒業時の定番行事であるプロム（ダンスパーティー）に出かける。もうマスクなんて誰もしていない英国で、数百名のティーンのダンパが行われるのだ。そりゃあ中学生活最後の無礼講とばかりに、飛沫やウイルスも飛んだり跳ねたり盛大に踊り狂っているだろう。

こうなってくるともう、日本行きを企てていること自体が、壮大なギャンブルに思えてきた。

できるかな。3年ぶりの帰省……。

これが近未来だとすれば

友人の娘の結婚式に出席するため、ドバイに行ってきた。その友人は、保育園に勤めていた頃の同僚（正確にいえば、副園長だったので上司）だ。シングルマザーとして育て上げた一人娘が、ドバイの裕福な青年と知り合い、数年の交際を経て結婚することになったのだった。

ドバイなんて死ぬまで行くことはないと思っていたが、行ってみれば、まあこれがすごかった。まず、新郎のご家族が手配してくれたというホテルが、贅《ぜい》の限りを尽くした、というか、文字通りにきんきらきんだった。朝、目が覚めると、なんか妙に部屋がまぶしい。なんでも大理石の床の装飾に本物の金が使われているそうで、金なんか踏んで歩くとバチが当たるのでは、と恐ろしくなり、つま先立ちでぴょんぴょん跳びながらバスルームに向かうわたしは、骨の髄まで貧乏性なのだった。

プールの脇で本を読もうと外に出て、デッキチェアのそばにあったパラソルを開こうとすると、尋常でないスピードで従業員が飛んできて「マダム、われわれがいたします」と叱られてしまう。部屋で原稿を書いていると誰かがドアをノックするので開けてみると、フルーツの盛り合わせと飲み物を持ってウエイターが立っているので「そんなの注文してません」と焦れば、「サービスでございます、マダム」と笑われる。頼んでもいないものが運ばれてくるホテルなんて泊まったこともない。それに、そんなに大量のフルーツを一人で食べられるわけがないではないか。そもそも、なぜパイナップルでヒヨコをつくったり、イチゴをお花の形に切ったりする必要があるのか。

などと、心中でぶうぶう言いながら披露宴に出席したら、これがまた想像を絶する一大イベントだった。いくらかかったのかを考えると、物価高と生活苦で抗議活動が起きている英国に住む人間とすれば、やっぱりバチが当たりそうな気分になる。

何よりすごいと思ったのが、屋内に広大な庭園をつくっているところだった。明かりを落とせば、もはや本物の庭にしか見えない。真夏のドバイは連日40度を超えているから、屋外で披露宴なんて不可能だ。それなのに、「いや、不可能なことはない」とばかりに屋内に庭園をつくる人間の欲望（と財力）には、とんでもないパワーがある。

考えてみれば、この執念にも似たパワーは、夏のドバイのあちこちにみなぎっていた。ドバイには巨大なショッピング・モールがいくつも存在するのだが、その中には世界最大の屋内スキー場が入っているところもある。屋内庭園も小さなものから大きなものまであって、まったく珍しいことではない。世界最大の屋内遊園地まであるというのだ。

暑い夏でも楽しむことをあきらめない姿勢は、街づくりにも貫かれていて、例えば、ドバイで一番大きい(ということは、やはり世界最大の)ショッピング・モールから駅までは、がんがんに冷房の効いた、歩いて10分程度の連絡通路が建設されている。とにかく暑いから屋外に出なくてすむように、すべてが屋内で完結するように設計されているのだ。

披露宴で会ったドバイ在住の建築家だという英国人と話していると、彼はこう言った。

「ドバイは未来の世界の姿だ。地球の温暖化が進めば、いずれ人間は屋外では活動できなくなるから、夏のドバイのように、屋内だけで暮らせる街のデザインが必要になる」

そう言われると、急にドバイが世界の先端を走っているように見えてくるのだったが、その一方で、体感温度が50度を超すことも珍しくない屋外の建設現場で働いている人々の姿も見た。ドバイで乗ったすべてのタクシーの運転手がパキスタンやバングラデシュからの出稼ぎ労働者で、彼らの言ったことが真実ならば、ものすごい長時間労働で、驚くほど低賃金だ。ドバイの労働者人口の9割以上が外国人だと彼らは言った。つまり、この近未来的で、シュールなほどリッチで、屋内スキー場完備のショッピング・モールをつくってしまう都市は、海外から来た貧しい出稼ぎ労働者たちに支えられているのだ。

となれば、未来に人間が屋内でしか暮らせなくなるとして、そのために必要な巨大な建造物や連絡通路を建設しているのは誰なのだろう？　とても人間には耐えられなくなる気温の中で、それでも働いているのは誰だろう？

「ロボット」

ドバイ在住の建築家はそう言った。そして、椅子にかけてあったジャケットを手に取り、

「この会場、冷房が効きすぎて寒いよね」

と言いながら羽織った。その脇を、空になった皿やグラスをトレイにのせたフィリピン系のウエイトレスが歩いていく。ここは寒いけど、火を使っている厨房はきっと暑いんだろうなと思った。

ドバイで見たものは、格差どころか、「極差」だった。これが近未来の姿なら、人間はもはやそれを隠そうともしなくなるということだろう。

「あの列」は何だったのか

まさかブライトンにはいないだろうと思っていたが、ロンドンのウエストミンスター宮殿に安置されたエリザベス女王の棺《ひつぎ》に一礼をしに行ったという知人がいた。スーパーの前の駐車場でばったり顔を合わせて立ち話になったとき、「いや、わたしじゃなくて、母親がどうしても行きたいと言うから。一人で並ばせるのは心配で……」と彼女はどこか言い訳がましく言った。

「それに、わたしたちは最初の頃に行ったからまだ24時間も並ばなくてよかったの。11時間ぐらいで」

まるで、わたしが彼女のことを愚かだと思っているのではないかと訝《いぶか》しむような口調だ。

「えーーー、マジで行ったんだあ!?」

みたいな、わたしの最初のリアクションがよくなかったのかもしれない。

エリザベス女王の死後、「The Queue（あの列）」という言葉が流行語になった。ひとつの歴史的な現象として捉えられ、ウィキペディアのページまでできている。「あれはすごかった。7キロも8キロも黙々と人々が並んでいて、マンションの窓から見た列の長さは異様だった」と、テムズ川沿いに住む友人も言っていた。

「あの列」が出現したとき、誰もが思ったことが2つほどある。

まず、いったいなぜ人々は、あれほど女王の棺に別れの挨拶をしたいという気持ちに駆り立てられたのか？ そして次に、女王の死去を想定して前から綿密に準備してきたわりには、どうして「あの列」だけはああいう原始的なことになっちゃったのか？ という謎だ。ネットで申し込めるチケット制にするとか、くじ引き制にするとか、やり方はほかにもあったはずである。

駐車場で会った知人によれば、彼女たちは番号が書かれたリストバンドをもらってそれを手首に巻き、トイレに行ったり、飲み物を買いに行ったりするとき以外は辛抱強くひたすら並んでいたという。リストバンドだけもらって、数時間だけ家に帰ったり、ロンドンで遊んだりしてまた帰ってくる、みたいな人は一人も見かけなかったそうだ。

長い列の要所要所に警官が立っていて、「あと5時間！」「あと2時間！」と叫んでいたらしいが、これにしても、とてもデジタル時代とは思えない。どうして待ち時間の長さをスマホで確認できるようにして、10分前に現地に来ればいいようにしなかったのか。ロックダウン中、オンラインショッピングのサイトに人が集中してアクセスできなかったときにはそうなっていたぞ。

しかし「あの列」の現場では、「あと○時間！」と叫ばれるたびに、人々はため息をつくどころか、「おおーっ」という喜びと連帯の声を上げていたという。それを思い出しながら話す知人の顔も、まるで休暇旅行の話でもするように高揚している。誰かの死を悼んだ経験と呼ぶには、明るい。

「あの列」からは、さまざまな政治的解釈や逸話が生まれた。「ナショナリズムの高まり」「全体主義の予兆」という真面目なものから、「列に並んでいる間に誰かと恋に落ちて交際が始まった」というほっこり系まで、実にさまざまだった。

「あの場を包んでいた空気は特別なものだった。厳かで、温かくて、浮世ばなれしていた」

知人は夢見るような顔でそう言った。「浮世ばなれ」なんて言葉を聞いたせいか、こういうことをしゃべっていると、「あの列」は何らかの尋常ではないエネルギーの化身だったのではないかという気がしてきた。

ニュース解説者やコメンテーターは、「あの列」は人々の女王に対する敬意が形になって表れたものだと言った。しかし実はそうではなく、「あの列」は、自分よりも大きな何かに属したい、その一部になりたいという人間の欲望の化身だったではないだろうか。

長いコロナ禍とロックダウンのせいだったのかもしれない。親族や友人のZoom葬儀のむなしさを思い出した人もいただろう。そこに自分がいること、実際に大勢の人たちと一緒に並んでいることが大事なんだと感じた人も少なくなかっただろう。

「何時間もよく並んだねって呆れる人もいたけど、どうせわたしたち、ふだんだってどうでもいいことに追われて時間を過ごしているんだもん。歴史の一ページに参加できる機会なんてそうあるものじゃないよね」

知人はさらに言い訳がましく言葉を続けたが、たぶん、「あの列」の真実はこのあたりにあるのではないか。毎日あくせく働いて、代わり映えのしない日常を過ごしている庶民が、数十年後も語られるであろう歴史の一部になれるレアなチャンスがやってきたのである。そりゃあ乗っちゃうかもね、傘と折り畳みイス持参でも、と思えてきた。そもそもポスト・コロナ時代の英国の人々はスーパーでも病院でも並ぶことには慣れているし。

リズたちのはなし

英国のエリザベス女王が亡くなった。

「ひとつの時代が完全に終わったって感じだな」

連合いはそう言っていた。とくに王室好きでもない（どちらかと言えば、嫌いな）人がそういうことを言うのだから、英国の人々が先を争うようにして喪に服しているのも不思議ではないだろう。

王室制度についてどう思うか、ということは脇に置いても、エリザベス女王という個人について敬意を表したい人は多い。息子たちの世代はそうでもないが、年齢が上にいくほどそうだ。とにかく在位期間が長かったから、ずっとそこにいるものと思っていた人たちも多い。だから、亡くなったことに衝撃を受けたという声をたくさん聞いた。

個人的には、亡くなる2日前に新首相の任命を行っていたという事実に凄絶なものを感じた。杖をついて、しゃきっと一人で立ち、笑顔で新首相と言葉を交わしていた。が、よく見ると、女王の右手の甲には黒いあざが広がっている。ここから点滴を入れ続けながら、新首相の任命が終わるまではと踏みこたえたのだろうか。この気合いというか執念は、やはり尋常ではない。

実は、新首相のリズ・トラスの「リズ」は「エリザベス」を短縮した呼称だ。だから、女王の最後の仕事になった新首相の任命は、エリザベスたちの邂逅とも言われた。わたしが1980年代に初めてこの国に来たときに驚いたことの一つは、公式の場で女性が男性の一歩後ろを歩いていないということだった。というか、英国ではそれが完全に裏返っていた。女王は常に夫のフィリップ殿下の一歩前を歩いていたし、サッチャー首相もぞろぞろ男性官僚や議員を従えて先頭を歩いていた。こういう写真や映像を見て育つ人は、日本で育つ人とは違うマインドセットを持つようになるだろうと思った。

このマインドセットも、あの任命式で、エリザベスからもう一人のエリザベスへと引き継がれたということだろう。

ところで、エリザベスといえば、うちの近所にも亡くなったエリザベスがいる。わが家の裏にある（裏庭のフェンス1枚でつながっている）お宅の猫が、やっぱりリズという名前だった。そのお宅は高齢のおじいさんの一人暮らしで、エリザベス・テイラーの大ファンだったことから飼い猫をリズと呼ぶことにしたのだった。

これがやっぱり長寿の猫で、うちの息子が生まれる何年も前からいたから、ことによると20歳ぐらいまで生きたかもしれない。若い頃はすらっとした白猫で、長い首を優雅に傾けながら裏庭のフェンスの上に座っている姿など、大女優の名を持つ猫にふさわしいエレガンスを感じさせた。年齢を重ねてからはだんだん体が重そうになり、すいっとフェンスに飛び上がれず、ぼてっと落ちるようになった。だが、それでもしぶとくフェンスによじ登り、ふくよかになった顔の中心から二つの目をぎらっと光らせ周囲を見渡している様子には、これまた往年の大物女優じみた迫力と凄みがあった。

そのリズが、わたしが旅行に行っていた間に亡くなっていた。おばあさんが亡くなって以来、ずっとリズと二人で暮らしていたおじいさんの落胆は大きく、家に引きこもって庭にさえ出てこなくなってしまった。

だが、宮殿に住んでいたもう一人のリズが亡くなった数日後、おじいさんが家から出てきた。そして、この元公営住宅地の多くの住人がそうしているように、家の前庭に不要になったものを並べ始めたのだ。

もともと英国では、大掃除の季節（英国では春だ）になると、不要になった家具や装飾品を家の前庭や歩道に並べて、「どうぞご自由にお持ち帰りください」と書いた紙を貼っておく古い習慣がある。それがいまは、家具や装飾品だけでなく、服や玩具、絵本や缶詰や食器など、生活必需品が並べられている。物価高と光熱費の高騰で暮らしに困る人々が増え、彼らのために誰ともなしに家の前に不要なものを並べるようになったのだ。

おじいさんの家の前にも、キャットフードの缶詰や猫の玩具、猫のベッド、キャットタワーなどがずらりと並んでいた。さすがは女優猫、セレブな暮らしをしていたのだなと感心するような猫用品の数だった。が、それらと一緒に、さりげなく人間用の缶詰や冬のコートも置かれていた。必要とする人が持って帰れるようにである。

バッキンガム宮殿やウィンザー城やバルモラル城の前に置かれた花束の数が増えるように、わたしたちのストリートの家々の前に置かれた日用品や食品の数も増え続ける。

女王に捧げる花束を買う人があまりに多くて、売り切れになる花屋さんも出てきたらしい。だけど、ストリートに並ぶ物品は切れることがない。後から後から出てくる。どこかの家の前のものがなくなったら、今度は隣の家から出てくる。そこもなくなったら、また違う家から出てくる。

わたしは時おりストリートで立ち止まる。そして互いの生命をつなぐ相互扶助の精神に、一礼したくなるのだ。長い生を終えた一人の女性の棺に頭を垂れる人々と同じように。

しゃもじとパン

コスト・オブ・リヴィング・クライシス（生活費危機）。昨年からささやかれてきた言葉だが、ここのところ、新聞を開いてもテレビのニュース番組を見ても、この言葉を聞かない日はない。コロナ禍、ウクライナ問題、異常気象に加えて、英国ではEU離脱による人手不足も災いし、物価高が止まらない。

周囲にも節約を始めた人々が多く、例えば昨今は、外で夕食を食べるときでも、午後6時前に予約を取る人が増えた。この時間だと、ぎりぎりでお手頃なコースメニューが食べられる店が多いからだ。

「でも、そんな時間に食べたら、夜中にお腹がすかない？」

最近は早めの時間にボーイフレンドとデートしているという友人に言うと、こんな答えが返ってきた。

「だから早寝するようになった。早めに食事をして早めに寝ると、翌日すっきりして気持ちいいし、体重も減った」

怪我の功名というか、倹約の功名というか、人間はどんな状況にもプラスの側面を見出して適応できるものなんだと感心する。が、問題は、いったん家に帰ってデート用の服に着替えてメイクをやり直したりできなくなったことだという。

「5時半に予約入れると、職場から直行になるでしょ。自宅勤務の日ならいいけど、そうじゃない日は髪をとかす暇もない」

友人は不平そうに言った。むかし、英国に初めて来た頃、この国の人たちは夜に出かけるとき、職場から直行するのではなく、いったん帰宅しておしゃれしてから出直すのだと知って新鮮な驚きを覚えたことを思い出す。しかし、コスト・オブ・リヴィング・クライシスはこの習慣さえ変えそうだ。

他方、レストランは6時過ぎるとガラガラという話だし、昨今びっくりするのは、レストランに行ったら、「スタッフ不足のため急遽閉店」の張り紙を貼って休んでいる店があるということだ。レストランやカフェで働いていた人々は移民も多かったので、

「EU離脱のせいだよね」

なんてことを言ったり、

「スタッフにコロナ感染者が出たのかも」

と想像したりしていたものだが、こうも「急遽閉店」が多いと、物価高で材料費が上がり、光熱費も高騰しているので客が少ないと採算が合わず、ディナーの時間帯はわざと閉じているのではと勘繰りたくもなってくる。

以前から英国のスーパーは、自社ブランドで「セイバーズ」「エッセンシャルズ」などの名前がついた激安商品ブランドを展開しているが、ついに「激安ブランドは一人3点まで」の制限を設けたスーパーも出てきた。物価高でみんな生活が大変なのだから、安い商品を買いだめしたりする人がいないように、本当に生活が苦しい人の手に届くようにしましょう、という配慮らしい。朝の情報番組などを見ていても、やけに「安い夕食の作り方」だの「無駄のない野菜の使い方」だのを伝授している料理コーナーが多い。以前だったら1食分だった材料を使って2食つくるには、ソースの具を減らしてパスタでかさ増しをし、物足りなくないように味付けを工夫するんです、みたいなことを言っている番組を見ていると、戦時中ってこんな感じだったんだろうかと思えてくる。

いやはやなんとも、大変な時代になったものだ。わたしは四半世紀以上この国に住んでいるが、英国の食事情がここまで辛気臭かったことはいまだかつてない。それもこれも、国の経済状況は台所に反映されるからであり、「食べる」ことに多大な影響を与えるからだろう。

そのことを象徴するような写真をネットで見つけてしまった。それは英国の写真ではない。半世紀も前のわが祖国の人々の画像なのだった。１９７０年代の石油ショックで物価が高騰したときにデモを行った女性たちだ。彼女たちが手に握っているのは、プラカードやバナーではない。そんな一般的で誰でも考えつくようなヤワなものじゃない。しゃもじ、なのだ。巨大なしゃもじに「買い物コワーイ」「たちまち消える一万」など破壊力抜群のスローガンが書かれている。

このしゃもじ軍団の迫力は尋常ではない。物価高に反対するツール＝しゃもじ。日本ならではの、すばらしい思考回路ではないか。コスト・オブ・リヴィング・クライシスの英国でも物価高反対デモは起きているが、しゃもじほどインパクトのあるツールを見たことがない。英国で使うとしたら何だろう。ナイフやフォークでは形状が細すぎて字が書きにくい。ビールのパイントグラスだと、「飲酒を推進するのか」と叱られそうだし。

そんなことを考えている間にも息子が通っているカレッジからメールが届き、キャンパス内で始めたフードバンクに寄付をお願いしますと書かれている。

笑いとばすのも難しい、深刻な状況になってきた。わたしはそっとしゃもじの写真のウィンドウを閉じ、オンラインで息子のカレッジにパンをどっさり直送した。

少しずつ、少しずつでも

ｉＰａｄのスクリーンが割れた。このｉＰａｄは過去3年のあいだ、大活躍してきたヒーローだ。

コロナ禍で日本に帰れなくなってから、リモートに切り替わった取材やメディア出演、イベント登壇など、それらすべてをこのｉＰａｄを使って果たしてきた。パソコン内蔵カメラの性能は劣悪なので映像がざらついてしまうし、スマホの小さな画面は老眼の身には厳しく、ミュート解除してくださいとか言われてもマイクの形をしたアイコンが見えない。

そんなわけで、ｉＰａｄの独擅場になった。以前は、原稿はパソコンで書くし、外出にはスマホを持って行くし、というわけで、いまひとつ存在価値がわからなかったｉＰａｄが、一転してなくてはならない仕事の相棒になったのである。

私生活でもこいつは重要な役割を果たしてくれた。例えば、うちの連合いががんで入院したとき、息子がこのｉＰａｄに彼の好きな映画をダウンロードして病室に持って行った。このｉＰａｄを使って、連合いは何度も病室からビデオ通話をかけてきた。彼がコロナを併発したときも、このｉＰａｄを使って看護師が病室からフェイスタイムで連合いの様子を見せてくれた。

「覚悟をしてください」と医師に言われたときには、どうしてスクリーン越しにこんなことを言われなければいけないのかとタイミングの不幸を呪った。奇跡のように連合いが回復したときにも、まだ生きて呼吸している彼の姿を、看護師がこのｉＰａｄを使って見せてくれて、家で息子と一緒に泣き笑いした。

わたしにとって、コロナ禍の思い出のほとんどがこのｉＰａｄと共にある。だから、そのスクリーンが割れてしまったのは、相棒がついに力尽きてしまったようで、なんとなく寂しい。

というようなことを久しぶりに会った友人に話していると、なぜか彼女は涙をためて俯《うつむ》いていた。瞬時に「しまった」と思った。この友人は看護師だったのである。

「ソーリー……」

思わず謝ると、彼女が顔を上げて応えた。

「こっちこそ、ソーリー。ちょっとまだ、生々しい記憶があるから」

そうなのである。われわれ英国に生きる人間たちは、もうコロナ禍は終わったものだと思っているが、医療従事者にとって、それはいまでも進行中の事実なのだ。

そして彼女のような医療従事者にとっても、タブレットは過去3年間、業務上欠かせないものだった。テレビのニュース番組やドキュメンタリーで何度もその様子は見た。コロナ病棟では家族の面会は許されなかったので、患者が危篤状態に陥ったとき、病院側はビデオ通話で家族に亡くなっていく患者の姿を見せるしかなかった。パソコンではベッドの上に移動しづらいし、スマホの画面では小さすぎる。ここでも、タブレットの出番だったのだ。

臨終の場で看取る、ではなく、スクリーン越しに看取る。そんな家族の送り方しかできなかった人々の行き場のない悲しみを、現場の医療従事者たちは繰り返し、目の当たりにしてきたのだ。きっと家族から怒りをぶつけられたこともあったろう。病室を出て、ひとり廊下で泣いたこともあったかもしれない。

一時に比べればぐっと少数になったとはいえ、まだコロナで死亡する人々はいる。彼女だって、ごく最近そういうことを経験しているのかもしれなかった。

「早く、全部終わるといいね……」

どういう言葉をかけていいかわからず、わたしはそう口走っていた。

「うん。そうなったら、またもとのように、リタイア生活に戻れる」

親指で両目のふちにたまった涙をぬぐいながら、友人がそう言った。

そもそも、彼女は50代で早期リタイアして、悠々自適の年金生活に入っていたのだった。それが、コロナ禍が始まって政府がリタイアした看護師や医師に復帰を呼びかけたときに、心身をすり減らして働いている元同僚たちを放っておけないと言って職場に戻った。彼女の3年間は、わたしなどには想像もつかないぐらい壮絶だったろう。その記憶の特にやりきれない部分を象徴するものの一つがタブレットなのかもしれなかった。

わたしが沈黙していると、彼女は思い直したように微笑しながら言った。

「冬が来る前に、久しぶりに休みを取って旅行しようと思ってるんだ」

「冬が来る前に」という言葉は、「またコロナ感染の波が来る前に」ということを意味しているのだろう。

「いまのうちに、パリにおいしいものを食べに行く」

「いいなー。わたしも行きたい」

「とびきりおいしいものを食べてるところを現地から生中継するから」

彼女はそう言っていたずらっぽく笑った。

スクリーン越しに彼女とパートナーがこれ見よがしにおいしそうな料理を食べている姿を想像した。タブレットは楽しい事象を映し出すものでもある。

少しずつ、少しずつでも、彼女にとってそっちのほうが増えていけばいい。そしてそれを見るために、スクリーンの割れたｉＰａｄを処分して、新しいものに買い替えようと思った。

いつもと違うクリスマス

クリスマスといえば、英国の人々が湯水のようにお金を使うシーズンだった。子どもができてからは、ママ友たちがいくつ子どもへのクリスマス・プレゼントを買っているのか（2桁というご家庭もあった）を知って驚いたし、食べ物、飲み物だって12月にはとんでもない量が消費される。街なかを歩けば昼間っからオフィスの集まりや友人同士のクリスマス・ランチでアルコールを口にした人たちが真っ赤な顔をして歩いているし、週末のショッピングモールはプレゼントを買う人々の群れでまっすぐ歩くことができないぐらいだった。

が、今年は様子が違う。

予約がいっぱいで入れなかったレストランの入口には「閉店します」の白い張り紙。人があふれている店といえば1ポンドショップ（日本で言う100均）ぐらいのものだ。これは本当に12月の英国の街の風景なのだろうか？　ロンドンのような大都市はまた違うのかもしれないが、地方の街の今年のクリスマスは、しょぼさが際立っている。

無理もない。英国はコスト・オブ・リヴィング・クライシス（生活費危機）の真っただ中である。物価高騰のため、国内の世帯の半数が食事の回数を減らしているというニュースは日本でも報道されていた。昼間っからワインを飲んでクリスマス・ランチなど楽しむ余裕のある人はもはやほんの一部だ。

このような状況を鑑み、今年はデパートやスーパーマーケットのクリスマス商戦用コマーシャルも倹約モードになっている。クリスマスを指折り数えて楽しみにしていた愛らしい子どもが、欲しかったプレゼントを当日に貰って大喜び、というような、ほっこりした内容で毎年人々を魅了するジョン・ルイス（英国の百貨店）のクリスマス・コマーシャルでさえ今年は様変わりした。

なにしろ、主人公がかわいらしい子どもでも動物でもなく、くたびれた顔をした中年男性なのだ。中年のおじさんが、なぜか一所懸命にスケートボードの練習をしている姿が映る。近所の歩道で、スケートパークで若者たちに交じって、職場のコンピューターでスケートボードの動画を見て、一所懸命に努力しているが、まったく滑ることができない。ようやく地面のスケートボードを足で蹴り上げ、手でひょいと摑めるようになって大喜びするようになったとき、クリスマスの飾りつけが施されたおじさんと妻の家に誰かが訪ねてくる。

おじさんがドアを開けると、ソーシャルワーカーが不安そうな顔の女の子を連れて立っている。少女の手には使い込まれたスケートボード。玄関ホールに立てかけられたスケートボードを見て少女が顔を輝かす。おじさんが「僕もちょっと滑るんだ」と笑い、少女を家の中に迎え入れる。このラストシーンまで見て、視聴者は、おじさんは里親になろうとしていたのであり、預かることになった少女の趣味がスケートボードだと知り、一緒に遊べるように練習していたのだと知るのである。

例年のかわいらしくてハッピーな作風と違い、今年は社会派映画監督のケン・ローチ風と言われるジョン・ルイスのコマーシャルだが、いまの英国の人々の心情にはこちらのほうが合っているのだろう。「クリスマス・コマーシャルで初めて泣いた」という人が周りにも多い。

とはいえ、こうしたコマーシャルを、「暗い」とか「クリスマスらしくない」と嫌う人たちもいる。だから、例えばマークス&スペンサーは例年どおりのきらきら具合というか、クリスマスらしいゴージャスな料理を並べた食卓のコマーシャルを展開しているが、今年、このような食事にありつける人たちがどのくらいいるのかと反感も買っているようだ。

これまで、英国のクリスマスといえば、1年に1度の「大消費祭」だった。商いに携わる人々にとっては、ここが儲けどきである。だから、消費欲を失わせるような宣伝はできないし、消費より大切なことがある、などという倫理的メッセージを発するコマーシャルなどご法度だったはずだ。

だが、英国のクリスマスにはチャリティーの歴史もある。チャールズ・ディケンズの『クリスマス・キャロル』の精神である。この生活苦の時代に、英国のクリスマスがディケンズに立ち返るのはごく自然なことに思える。

そしてこういうときにこそ、この国は真価を発揮する気がするのだ。

ホームレス・シェルターには続々とミンス・パイ（英国のクリスマスのお菓子）の寄付が届いているそうだ。クリスマス当日は激安の七面鳥ディナーを提供すると張り切っている地元のパブもある。

むかし、「日本には慈善を偽善と言う人たちもいた」と保育の師匠だった英国人女性に言ったことがある。彼女はこう答えた。

「それは施す側の論理です。一人でもあなたの行為を受けて助かる人がいれば、それは善です」

この考え方が今年のクリスマスには街のあちこちで息づいているのを感じる。そして、粗末な厩《うまや》で生まれた人の誕生日を祝うには、今年のムードのほうがふさわしい。

取り散らかった日常

俳優の平田満さんとオンラインで「哲学対話」をさせていただいた。これは平田さんが発案し、穂の国とよはし芸術劇場PLATで定期的に行われることになったイベントで、ゲストと平田さんがしゃべる第1部と、会場に来てくださった方々が参加して対話する第2部で構成されていた。

平田さんは、「哲学対話」は結論が出る必要はないし、話がまとまらなくてもいいと最初に言われた。つまり、取り散らかっていてもいいというのである。イベントの初回ゲストだった東京大学の梶谷真司教授の受け売りだと仰っていたが、その言葉がとても印象的だった。思えば、物を考えるということは、何か明確な答えを出したり、「ここがゴール」という到達点に辿り着くための作業ではない。深く広く考えれば考えるほど、「こういう事象もあったのか」とこれまで知らなかったことがわかってきて、思考はどんどん取り散らかっていく。

それらを無理やりまとめるには、思考を止めるしかない。ある地点を結論とすることは、それに当てはまらない事象もあるかもしれないという可能性をバサッと切ることだからだ。なぜそんなことをするのだろう。人は何かとスッキリしたがる生き物だからだ。スッキリ整頓されていたほうが気持ちいいし、取り散らかっている状態では気が落ち着かない。

加えて、気が落ち着かない状態は弊害を生み出す。例えば、日々が雑然としていると、エッセイなどの実生活に基づいた文章の執筆作業は困難になる。つながりのない断片ばかりを拾って綴《つづ》っていっても、文章はどんどん拡散するばかりだ。それでは読み手の「オチ」要望に応えることができない。ほっこりする「オチ」、予想もしなかった「オチ」、そうだったのかと唸《うな》る「オチ」、などをつけて読者をスッキリさせることができなくなるのだ。

かくいうわたしの日常なんかも、このところ煩雑でいっこうに落ち着かない。実は平田さんと「哲学対話」をした日も、第2部の、会場の人々も交えた対話に参加できなかった。連合いがロンドンの病院で急に手術を受けることになったからだ。それで、先にZoomから退室して電車でロンドンに向かった。

連合いの手術は何時間もかかった。だから病棟の廊下にあるベンチに座っていると、「ここは退屈でしょう」とか「下に行ったら紅茶が飲める」とか看護師さんたちに何度も言われた。もしかして邪魔なのだろうかと思い、1階に下りることにした。どうもわたしは、NHS（国民保健サービス）の病院に行くと、スタッフの一人と思われるらしく（いかにNHSの看護師や医師に移民が多いかということを示す事実だ）、「どこかランチを食べられるところはありますか？」と人に聞いたら、職員用の売店のある休憩室に案内されてしまった。そんなわけで数時間前まで平田満さんと対談していたわたしはいま、英国の医療従事者にまみれてこの原稿を書いている。

福岡の妹からメールが来た。母親がホスピスに移ったので、もう延命治療はないそうで、輸血をしてもらえなくなると書かれていた。母親の意識があるうちに日本に帰りたいが、こっちにもいまがんで手術中の家族がいる。とはいえ、母親への余命宣告の内容を考えれば、モタモタしている場合じゃない。

妹からの長文メールを読んでいると、スマホに友人からのメッセージが届いた。正確には、連合いの長年の友人の配偶者である。連合いの友人もがんにかかり、病院から手術を勧められているのに、本人がいわゆる代替療法を信じていて、医学的な治療を拒否しているという。それで、うちの連合いになんとか説得してほしいらしいのだが、「いつなら会える？」と聞かれても、こっちも手術中なので、なんとも答えようがない。どっと疲れた気分になってあたりを見ていると、隣のテーブルでランチを食べている看護師の制服を着た二人組のほうに、別の看護師が近づいてきた。

「これ、ドクター・グリーンのためのゲット・ウェル・カードなんだけど……」

隣の二人組は「ＯＫ」と言って差し出されたペンとカードを手に取り、大きなカードの中にサラサラとメッセージを書いた。二人が書き終えると、若い看護師がわたしにもカードを差し出して言った。

「よかったら、あなたも」

「いや、わたしは……」

と口ごもったわたしに看護師が言った。

「わたしたちの病棟のドクターががんで入院したんです。できるだけ多くの人にメッセージを書いていただきたいので」

いや、わたしは医療従事者ではなく患者の家族です、と言いたかったが、そうしたら、なんでこんなところに座っているんだと言われてしまいそうだ。

しょうがないので、一番端っこのところに、「お大事に」と小さく書いてカードを戻した。

「ステージ４らしいよ」

「まだ小学生のお子さんがいたよね」

隣のテーブルの看護師たちがそう話す声を聞きながら、わたしは再びパソコンを開いた。

「オチ」はつかないはずだった。断片的日常を書くつもりだったのに、このところわたしの生活は一つの病に支配されている。

ほろ酔いの人たち

「いよーーーっ」と言って顔を真っ赤にした叔父がスマホのスクリーンに現れた。

「なん、もしかして飲みようと？」

「おおー。もちろんたい」

叔父が透明な液体が入ったグラスを掲げてこちらに見せる。

「もう一杯、どげんですか」

どぼどぼ酒を注ぐ親父のセーターの腕がスクリーン前方を数秒間ふさぐ。

「おいちゃん、そろそろお寿司、食べる？」

脇から妹の声も聞こえた。

「いやー、おいちゃん、もう、お腹いっぱい」

そう言って、叔父が狸の置き物みたいに膨れたお腹をぱんぱん叩く。ここ数日、実家で起きたことを考えれば、拍子抜けするほど明るい居間の風景である。

「よかねー、酒が飲めて。こっちゃ禁酒2週間目に入ったばっかりばい」

指で眼鏡を押し上げながらそう言うわたしの顔がスクリーンの右上に小さく映っている。

「なんでや?」

「いや、なんか高血圧で飲んだらいかんって医者に言われたらしいとです」

わたしの代わりに親父が答えた。

「……なんや、おまえ、高血圧なんか?」

「うん。やけん、酒やめとうと。いま、あたしが死んだら、けっこう大変かなと思って」

「うん、そりゃ大変と思う」

そう言いながら、叔父のお吸い物を持ってきた妹の腕がまた数秒間スクリーンをふさぐ。

ふつうオンライン飲み会というのは、スクリーンの両側で一緒に飲んでいるものだろう。これは不均衡、いや、不平等である。しかも、あっちは複数でわいわい飲み食いしているのに、こっちは仕事部屋で一人ぼっちだ。さらにいえば、日本は夕方の5時で、英国は午前8時。濃いコーヒーをいれて仕事を始めたばかりのときに、ちゃんりら、りんらり~、ちゃんりら、りんらり~とスカイプがかかってきても、朝っぱらからほろ酔いの人たちの会話についていくのは容易ではない。

「おいちゃんは40の頃から高血圧。そやけん、毎日、朝いちで血圧の薬ば飲みよぅ。起きたらぱっと薬を水で流しいれて、そしたら安心していくらでも飲める。がははははは」

「がはははやなかろうも、そりゃ本末転倒っていうか、めっちゃ不健康やない？」

「なんでや。おいちゃんは薬の力で、もう何十年も酒飲みながら生きとるぞ。だいたい、酒が飲めんごたあなら……」

叔父の言うことの先が読めて、わたしは叔父と同じ言葉をハモる。

「死んだほうがまし」

こういう人たちに囲まれて育ったからわたしは大酒飲みになってしまったのだ。ぐびぐび飲む叔父のペースに合わせて、ちゃぶ台のこちら側にいるので見えない親父も飲んでいるはずだ。

叔父は陽気にいろんな話をした。相変わらずの酩酊やらかし談も、むかしはもっと武勇伝っぽかったが、寄る年波には勝てないらしくめっぽうしょぼい話になっている。自転車で料理屋にビールのピッチャーを戻しに行ったら道でよろけて、「このピッチャーだけは割られん」と、自由の女神の松明の如くにピッチャーを掲げたまま商店街の店先に突っ込んでいったエピソードを、叔父は大げさに振り付きで話して聞かせる。

実家のほろ酔いの人々はゲラゲラと笑う。ノリに遅れてはいけないとわたしも笑う。3人が笑っているのだから、わたしも笑わなければいけない。

「どげんときも笑うのが一番だいじですばい」

「そうそう。笑わないかん。笑わな力が出らん」

「姉さんも、今日、病室でちょっと笑いよったですな」

「うん、ちょっと笑いようごたった、気のせいかもしらんけど」

叔父と親父が頷《うなず》き合っているところでタクシーが来たらしい。実家の玄関のベルの音がして、

「はーい、いま行きます」

と妹が答えた。叔父がちゃぶ台に手をついて立ち上がり、

「ほしたらなー」

と唐突にスクリーンから消えた。「早かったですな」とか言いながら玄関に出ていく親父の後ろ姿も見える。

しばし沈黙が続き、誰かが玄関をガラガラ開けて帰ってくる音が聞こえた。

「まだスカイプにおるよー」

とわたしが言うと、妹の顔が画面に現れる。

「おいちゃん、そうとう飲んだ？」

「いや、そうでもないよ。量はそんなに飲んでないと思う」

やはり酔ったふりだったのだ。

「おいちゃんが明るくしとうけん、一番だいじな話ができんやった。お墓の話とか」

妹はさきほどとは違って真面目な顔になっている。しばらくすると、父も戻ってきてスクリーンに顔を出した。

「姉一人、弟一人の二人だけの姉弟やけんな……、いまのうちに会うてもろうてよかった」

ほろ酔いに見えた人たちは誰一人として酔っていなかったようだ。

駅でタクシーを降り、電車に乗り込んで一人で座席に座るときの叔父のことを思った。

母が来週、病院からホスピスに送られる。

日本の介護スゴイ

正月早々、妹からメールで送られてきた写真を見て、なんとも言えない気分になっている。それはホスピスの母親の病室の入口にあったという、質素ながらも美しいお正月飾りの写真だった。いつ何があってもおかしくないと言われている患者のために、正月にふさわしい色彩の花を小瓶に活け、ウサギの置き物を配置して新年の飾りを施す。この気配りにはじわっとくるものがある。

じわっとくる理由は、その飾りの大きさや雰囲気のちょうどよさというか、押しつけがましくないやさしさのせいだ。この過不足のない思いやりは、プロフェッショナルであると言い換えることもできる。この種のプロフェッショナルさを、わたしは昨年の年末、日本でたくさん見てきた。

一時退院した母親の介護のために帰省したとき、巡回の看護師さんなど在宅緩和ケアの仕事に携わっておられる方々の、すばらしい仕事ぶりを目の当たりにしたのだ。わたしは平素、「英国はこうだけど、日本はその点ダメである。もっと変わったほうがいい」みたいなことばっかり言うと思われているので、ここで日本スゴイとか言い出すのも気が引けるが、日本の介護業界はマジでスゴかった。

何よりびっくりしたのは訪問入浴サービスである。わたしの両親の家のような狭い住宅の玄関から、組み立て式の浴槽の部品を抱えた3人の若者たちが元気よく入って来た。かと思うと、介護ベッドと家具でぎりぎりのスペースしかない6畳間にしゃかしゃかと浴槽を組み立て、庭に停めてあるバンからホースを引いてきてお湯を溜め、あっという間に畳の部屋にお風呂を作ってしまうのだ。

そして、大きな生まれたての赤ん坊状態というか、動くことはおろか寝返りすら打てない高齢者を抱え上げ、そのまま浴槽へ移動させて髪や体をきれいに洗ってゆく。

「かゆいところはないですか?」

「腋《わき》も洗っておきますね」

まさに過不足のない思いやりを感じさせる柔らかな調子で言葉をかけながら、見ているだけで腰が痛くなるような重労働を軽やかにこなす若者たちがそこにいた。母親の胸や下半身が見えないようにさりげなくタオルで隠し、それが少しずれるたびにそれとなく元の場所に戻しながら、細心の注意を払って作業を行ってゆく。

後で英国にいる連合いや息子にこの訪問入浴サービスのことを話すと、そんなものを見たことがないので、部屋の中に浴槽を組み立ててポンプを積んだ車両からホースを延ばしてお湯を引いてくると言った時点で、わたしのホラ話としか思ってもらえなかった。

お風呂好きの日本人ならではのサービスだが、ここまでしてお風呂に入れてあげたいと思う気持ちがすごい。もちろん、お金が絡めばなんでもビジネスだ、と言えばそれはそうだが、思いつく時点でやっぱりすごいし、それを可能にする労働者たちがいることに驚嘆する。後日、自転車で実家の近所を走っているときに、団地の駐車場に停まった訪問入浴サービスのバンから団地の階段のほうにホースが長く延びているのを見かけたが、どんなところにでも入っていってお風呂を組み立てて入浴を可能にするのだろう。

訪問入浴サービスの初日に若者たちと一緒にやって来たケアマネさんが、わたしと並んで彼らの活躍ぶりを見ていたときに、ぼそっと言った。

「こういうことも、書いてくださいね」

わたしが執筆業者だということを知ってこんなことを仰ったのだが、

「本当は自分で書きたいのですが、時間がなくて……」

と微笑しながら、甲斐甲斐しく働く若者たちの姿をじっと見つめていた。

こんなふうに働いている人々の姿を日々目にしていたら、それは書きたくもなるだろう。日本はもうダメだとか、底が抜けているとかコメントしている人たちの姿を帰省中にテレビで見たが、いや、しかし介護業界の人々の働きぶりを見る限り、底は抜けていない。むしろ、高齢化が進む社会の底を抜かさないように両手両足で踏ん張っているのは、高齢者ケアに携わる市井の労働者たちだと思った。

玄関先で「それでは失礼しまーす」と言って訪問入浴サービスの若者たちが帰っていった後で、オフィス労働者の妹がしみじみ言った。

「本当に高い賃金を貰うべきなのは、ああいう仕事をしている人たちよ。あれは誰にでもできる仕事やなかもん。実際に見たら、すごいよ、やっぱり」

そんなこんなで帰省を終え、英国に戻って来てみれば、こちらは「ストライキの冬」真っ最中なのだった。看護師、救急隊員など、コロナ禍中にその存在価値を再確認され、「キー・ワーカー」（米国英語ではエッセンシャル・ワーカー）と呼ばれて称賛された人々が、称賛はもういいから賃金も上げてくれないかとばかりに、年末年始にもかかわらず、闘争を繰り広げている。

本当に高い賃金を貰うべき人たちが、いよいよクローズアップされる時代になるのだろう。そういう予感が今年は濃厚にしている。

カウントダウン

「嚥下《えんげ》」「誤嚥《ごえん》」「嚥下障害」。半世紀以上も生きてきた人間にもまだ知らない言葉があったか、と驚いたのは、母の介護のため年末に日本に帰ったときだった。

「嚥下」というのは、食物や飲料を飲み込むこと。「誤嚥」というのは、その嚥下を行うための筋力が落ちたため、食物や飲料が誤って気管に入ってしまうことらしい。そして、「嚥下障害」というのは、口の中のものを飲み込む過程が正常に機能しなくなり、そのような「誤嚥」を起こしやすくなる状態を指す。

末期がんの母は重度の嚥下障害で、水でさえそのまま飲むと誤嚥する危険性があった。だから、あらゆる飲み物と食べ物にとろみをつけて「嚥下食」を作らなければいけない。

病院で講習を受けてきた妹は、どろどろのベビーフード状にした食事にとろみ剤を入れてかきまぜ、手早く食事の準備をしてゆく。が、できあがった嚥下食の数々は、はっきり言ってあまりおいしそうに見えない。

そのせいか母が嫌がって食べないので、妹はとろとろになった嚥下食を型抜きに入れて冷蔵庫で冷やし、コロッケっぽい形や魚っぽい形に演出したりして見た目に凝りだした。人間の食欲には見た目が大きく影響するからだ。

妹が嚥下食作りを担当すれば、母親に食べさせるのはわたしの担当だった。食事を嫌がる幼児たちに食べさせてきた百戦錬磨の元保育士である。「ほーら、おいしそうだよー。見て、これコロッケ。ちゃんとそういう形になってるやろ、すごいねー」とか言って大騒ぎしながら食事をスプーンに取り、「はい、あーんって大きくお口が開けられますかー」と陽気な圧をかけ、ノリで口を開けてしまった母の口内に食べ物を入れる。

しかし、問題はそれからだ。母は食べ物を飲み込んでくれない。好き嫌いをする幼児にそっくりだ。だが、口内に食べ物を溜め込むのが誤嚥の原因になるらしいので、飲み込んでもらわなければ困る。これが英国の保育園なら、「いーとーまきまき、いーとーまきまき」（ちなみに、英語では「Wind the Bobbin Up」という）の両手をくるくる回す動作をしながら、「ごくっと飲んじゃおう、ごくっと飲んじゃおう」と歌い、「カウントダウンするよー、5、4、3、2、1、ゼロー！」と言って大袈裟にごっくんと飲み込む動作をして、これまた勢いとノリで「嚥下」させるのだが、自分の母親を前に「いーとーまきまき」はさすがに気が引けるので、端折《はしょ》ってカウントダウンするところからやってみる。

ごっくん。はっきりと母親が口の中の食べ物を飲み込んだ音がした。

「音が聞こえたよー。でもホントに飲めたかなー、あーんしてもう1回お口の中を見せてくださーい」と見せてもらったら、本当にきれいに飲み込めていた。

この調子で、歌ったり踊ったりしながら大きな声でカウントダウンしつつ嚥下を促すと、ほんの数スプーンとはいえ、母は食べてくれるようになり、そのうち、わたしの「5、4、3、2、1」の声に合わせて、布団から自分の手を出し、3本や2本の指を立てたりして数を数える動作を真似るようになった。

「なんか、布団から手を出して2本指を立てるようになったんやけど、ホスピスで看護師さんに何かを伝えるときのサインなのかな？　なんやろ、2番って」

妹が不思議そうに言っていたので、

「さあ、なんやろうかね……」

と知らないふりをしておいた。「ファイヴ・フォー・スリー・ツー……」と英語で言いながら指を1本ずつ折るジェスチャーを見せて説明するのが気恥ずかしかったからである。

そんなこんなで1週間が過ぎ、一時退院を終えて母がホスピスに戻る前の日に、わたしは英国に発った。迎えのタクシーが実家に到着したとき、母が寝ていた部屋に行き、

「じゃあ、わたしは帰るね」

と挨拶をした。

「はい」

と母は他人行儀に言った。わたしが自分の娘で、これから英国に帰るのだということは、認知症の母にはわかっていなかった。たぶん彼女の中では、わたしは出たり入ったりする訪問看護師さんたちの一人だったのだろう。外でタクシーを待たせていたので、「じゃあね」と手を振り、部屋から出ようとすると母が布団の中から手を出そうとしている。手を振り返してくれるのかな、と思って立ち止まると、そうではなかった。

母は、一所懸命に伸ばした右手の指を折って、「2番」の動作をしようとしていた。

自分の娘だとわからなくとも、しつこくカウントダウンした陽気な訪問看護師として記憶されるなら本望だと思った。そして、もしこれが生きている母と会う最後の瞬間になるとしたら、これ以上の別れのシーンがあるだろうかとも。

「2番」の指の形はピースサインでもあるからだ。

わたしは笑いながら部屋を出た。そしてそれは本当に、わたしが最後に見た母の姿になったのだった。

家族ミステリー

ネットには何でも転がっていて、いまや人類は情報を与えられすぎなのだと考えていた。が、先日、日本在住の女性とオンラインで話をしていたときに、それは間違いだったとわかった。彼女によれば、日本のコンビニで売っている冷凍大学芋が絶品なのだという。解凍せずに食べると悶絶するほどおいしいそうで、へー、どこのコンビニなんだろうとネット検索して驚いた。某コンビニの冷凍大学芋に関する夥《おびただ》しい数の記事が上がってきたからである。「レベル高すぎて感動します」とストレートにおいしさを称えるものだけでなく、「アイスクリームと一緒に食すべし」など食べ方の情報まであった。

わたしは衝撃を受けた。どうして今日までこれらの情報を目にしなかったのか。毎日机に座ってネットを巡回しているくせに、これほど話題になっている事象について知らなかったのである。いくらネットに情報が転がっていても、けっして触れることができない情報もあるのだ。わたしの身内が亡くなったことを知っているらしいＡＩは、さかんに墓地やお供え物ギフトの情報をクリックさせようとしてくれるが、さすがに大学芋とわたしをリンクさせることはできなかったようだ。

これと似たような、「どうして今日までこれを目にしなかったのか」という衝撃を、母の死後にも受けた。家族というものは、最も近しい間柄ということになっている。近くにいて、何でも知りすぎているからこそ、その濃厚な関係性がきつい、ということは昔から繰り返し文学のテーマになってきた。

が、毎日ネットを見ている人間が冷凍大学芋について知らなかったように、家族のことこそわたしたちは知らない。だから、「え」と驚く情報が死後に出てくることになる。情報ぐらいならまだいい。生身の人間が残すものには「物品」もあるのである。

母の葬儀の翌日、彼女の鏡台の引き出しを開けてみると、ピンク色のプラスティックの小箱が出てきた。「臍帯《さいたい》」と書かれた金色のステッカーが貼られている。古びた箱の裏には妹の名前と誕生日が記入されており、どうやら妹の臍《へそ》の緒《お》のようだ。中にはぼろぼろになった紙の包みが入っていて、開いてみると脱脂綿に包まれた臍の緒が出てきた。が、包んでいた紙の内側に、なぜか祖母の名前と母の誕生日が読みにくいほどの達筆で記されている。しかも、「頭囲」とかいって新生児のサイズらしきものが書かれているのだが、単位が「尺」だったりして、妹が生まれたときに測られたものとは思えない。

「これ、もしかして、母ちゃんの臍の緒？」

わたしが言うと、

「じゃあ、わたしの臍の緒はどこにいったんよ」

と言って、妹が小箱の中に入っていたもう一つの包みを開いた。臍の緒にしては薄い包みだと思っていると、そっちには髪の毛が入っている。

「誰の髪よ、これ？」

妹の臍の緒の箱に入っていたのだから妹の髪だと思いたいが、問題の臍の緒が母親本人のものだとすると、誰のものだかわからなくなってくる。しかも、箱の中にはもう一つ、紙の包みが入っていたのである。

「これは何だろう」

そう言いながら包みを開いた妹が言った。

「こ、これは、ひょっとすると……」

包みを開く途中で白い粉が出てきた。全部開くと、白い小さな欠片がある。前日に火葬場で母親の骨を見たわれわれには、それが何であるかは明らかだった。

「ほ、骨やん……。でも、誰の？」

むかしは火葬場でも、遺族が骨を少量もらって帰ることを見て見ぬふりしてくれたりしたそうで、母は祖母が亡くなったときにお骨《こつ》を少し分けてもらってきたという話があったような気がした。

「やっぱりあの話は本当やったんやろうか」

「もう一つ可能性があるとしたら……」

と妹は別の説を唱えた。10年ほど前に実家で飼っていた犬が亡くなったときに、ペットの火葬場で遺骨を少量もらっていたというのだ。

「じゃあ、そっちかなあ」

「本人がもうおらんけん、わからんよね……。ところで、わたしの臍の緒はいったいどこにいったとよ」

妹は不満そうに探索を続けている。

それにしても……。臍の緒と髪の毛と骨。さすがは夢野久作の『ドグラ・マグラ』に登場する福岡市の西の海岸ばたで生まれた母親である。なんとも禍々しいセットを残していってくれたものだ。

などと他人事のように構えていると、鏡台の引き出しの中から、もう一つ、わら半紙でつくった封筒みたいな薄汚れた小袋が出てきた。前面にわたしの名前と「臍の緒」という殴り書きがあり、開けてみると脱脂綿に包まれた臍の緒が出てきた。封筒の後ろに、新生児の生年月日と誕生時刻が書かれている。が、日にちがわたしの誕生日とは2週間ほどずれていた。

「え、わたしの誕生日、本当は違うと？」

こっちもこっちで新たな謎の扉を開くことになってしまったのだった。

家族とは思っていた以上にミステリアスなもののようである。

あいつらは知ったかぶる

1月に福岡の母が亡くなり、しばらく日本に帰国して2月に英国に戻ってくると、なぜか怒濤《どとう》のように体調を崩した。まず、ひどい結膜炎にかかり、やたら涙が出て目がかゆいのでかきまくっていたら悪化し、ほぼ目が開かない状態になった。仕事をしようにもコンピューターの字が見えないので困り果てたが、どうにか回復。ああよかった、と思っていたら、今度は怪我をした。

お食事中の方もいらっしゃるかもしれないので流血事故の詳細は省くとして、その結果、右手が使えなくなった。それでなくとも結膜炎で仕事がはかどらなかったから原稿が渋滞しているのに、と焦って左手だけで奮闘する日々が続いたが、「音声入力すればいいじゃん」の息子の一言で仕事のやり方が一変した。

日本語の音声入力は使えない、という声もあるが、使い出すとこれがけっこういける。もちろん、時々変な文章も入力されているが、時おり削除して左手でタイプし直せばいい程度だ。こんなに使えるとは思わなかった。

「改行!」

と言うと、スッとカーソルが移動するところなど妙にいじらしく(いや、当たり前なのだが)、最初の頃は何度も改行させて喜んでいたぐらい音声入力をエンジョイしていた。

が、またしても幸福な日々は続かなかった。

わたしが3度目のコロナに感染してしまったからだ。今回のコロナの症状は、喉の広範囲が腫れて耳まで痛いが、熱はそれほど上がらなかったので、机に座って仕事を続行する。が、コロナ罹患中の音声入力はきわめて難しいことに気づいた。咳が出るからである。

「本書の読みどころは、海外における……ゴホッ、ゴホッ、ゴホッ、ゴホゴホゴホゴホッ」

と音声入力の途中でつい咳き込んだら、

「本書の読みどころは、海外におけるのったんですってるんですって、部って、ほぼVAT前」

と、まったく意味不明の文章が入力されている。だいたい、咳のどこが「のったんですってるんですって」と聞こえるのかわからない。これは、日本語の擬声語における咳の音の正当性を疑わせるものだ。しかも日本語で入力しているのに、VATなどという付加価値税を意味する英国英語が検出されるのはなぜだ?

気を取り直してめちゃくちゃな文章を削除し、再び音声入力を始めるとまた咳が出る。すると、今度は音声認識ツールが「何ですか?」と聞いてくる。再びしゃべろうとするとまた咳が出て、カーソルが勝手に別のページに飛んだり、「番号を言ってからOKと言ってください」と告げてきたり、「円あってえ、うえいうえ」とまたいい加減なことを入力したりしている。

これでは仕事にならないと思い、机に突っ伏していると、息子がげらげら笑いながら部屋に入ってきた。

「すごいよ、これ。見て」

と言って、自分のスマホをわたしに見せる。なんでも、昨今はやりのチャットGPTに英語でわたしのことを聞いてみたのだという。

「わたしは日本語のライターだから、英語で聞いてもAIが知ってるわけないじゃん」

余裕でそう言ったのだったが、先方はわたしのことを知っていた。というか、正確に言えば知っているふりをしていた。

「ブレイディみかこ。英国ブライトン在住のライター」

そこまではいい。しかし、問題はここからだった。

「彼女の代表作は『Impossible Love』。英国に渡った日本人の女性と、英国人の男性が恋に落ちて結婚し、生まれ育った文化の違いや価値観の壁にぶつかり、徐々に心が離れていく歳月をリアリスティックかつユーモラスな筆致で描いた悲恋の物語」

わたしはそれを読んでのけぞった。

「なんじゃ、こりゃー」

「母ちゃん、こんな本も書いてたの？」

「書いてないよー！　いったいどこからこんな情報、拾ってきてんだよ。しかも英語で」

「あっはっはっ。でも、それっぽいよねー」

「それっぽくないよー。だいたいなんだよ、『Impossible Love』って。そんなダサいタイトル、わたしはつけないよ」

息子と二人で騒いでいると、「なんだ、なんだ」と連合いまでやって来た。チャットGPTがわたしについて語ったことを息子が説明すると、連合いが、

「おまえ、本当にそんなの書いたのか？」

と真顔になって聞いてくる。

「いや、だから、書いてないって」

事実無根の解説もあそこまで自信たっぷりに展開されると、頑なに否定しているこちらの

ほうが形勢不利な気分になってくる。

ここでまたゴホホッと咳が出た。家族としゃべっている間は「何ですか?」と言って停止していた音声認識ツールが、こちらが咳き込み始めた途端に入力を始める。わたしの咳は日本語なのだろうか?「BOTるんで、るんですってほってです」ってわたしはそんなこと言ってないのに、先方は自信満々で入力していく。

人間はまだAIに取って代わられるわけにはいかない。あいつら、「すみません、わかりませんでした」とは絶対に言えないらしいからである。

迷惑とコスパとタイパ

最近、日本のラジオに出るときも、対談するときも、英国のストライキの話ばかりしている。もはや生活の一部になっているので、「いま、そちらはどんな感じですか？」と聞かれたら、ストの話をしないわけにはいかないからだ。

息子のカレッジも教員がストを打っているので昨日も一昨日も休みになったし、先日、所用でロンドンに出かけたときも地下鉄がストで動いていなかった。『ガーディアン』という新聞のサイトには、ストライキ・カレンダーなるものが出現していて、どの日にどの業種の人々がストを打っているのか一目でわかるようになっている。だから、市井の人間はそれを見て生活の計画を立てる。例えば、郵便局員がストを打つ日がわかれば郵便物は早めに出すようにするし、鉄道のストの日は遠出の予定は外す。

慣れてくればそんなものかと思うようになるというか、それほど苦にもならないもので、公共交通機関のストライキなども、コロナ禍以降はハイブリッドワークとかいってオフィス勤務と自宅勤務を半々ぐらいにしている人たちも多いから阿鼻叫喚の惨事にはなっていない。「ストなら自宅で仕事するか」ぐらいの感じである。

自宅で勤務できないのはいわゆるキー・ワーカーの人々だが、いまストを打っているのはそのキー・ワーカーの人々。なので、彼らは、自分たちがストを行っている日は職場に行く必要がなかったり、別の職種の人たちがストを行ったとしても労働争議で闘っている末端労働者どうしの連帯感があるので、「ふざけんな、電車を走らせろ」と怒ったりしない。

キー・ワーカーの人たちはロックダウン中、オフィス・ワーカーたちが家でリモートワークしていたときに、感染の危機にさらされながら外に出て業務をこなし、ヒーローとして崇められた人々だ。だから、こうした人たちが物価上昇に見合う賃上げを求めて闘争をしているとき、一般の人々も「困窮してでも働け」とは言えない。自分の生活に多少の支障があってもしかたがないと諦めるのである。ストを支援するということは、不都合を受け入れるということなのだ。

日本でもにわかにストライキが増えてきているらしい。SNSを覗くと、「ストライキはいいが迷惑をかけるのはよくない」という意見についてさかんに議論されていた。「迷惑」という言葉は、コロナ禍が始まった頃にもよくネットで見かけた。日本では、何かあるたびに「迷惑」という言葉が浮上し、それについて議論されるようだ。

「迷惑」を辞書で引くと、troublesome や bothersome などの訳が出てくるが、ずばり、inconvenience も訳語として挙がってきた。「不都合」である。これほど不都合が問題視され、議論される社会というのは、不都合への耐性が低いのではないだろうか。

確かに、不都合は面倒くさいし、厄介だ。ふだんはスッといくことが、そうはいかなくなるからだ。そんなものはない方が楽なのは間違いないが、時おり、いつも通りにいかなくなるのが人生だ。例えば、人が生まれる。だいたい、赤ん坊はめちゃくちゃ他者の手を借りる存在なので、育てるほうにしたら、24時間が面倒くさいことの連続だ。しかも、最初の数ヵ月はまともに寝ることすらできない。まごうかたなき不都合である。

それから、例えば出世。これも出世しなかった人にとっては不都合だ。すっかりその役職に就けると思ってマンションを買う計画や、親への仕送り額を増やす算段をしていた人もいるかもしれない。出世した人は、こうした人々の出世を不可能にしたことにより、都合の悪い状況を作り出している。入試合格なんかも同様だ。合格した人は誰かの枠を奪うことで他者にとっての不都合を生み出している。

このように人間は、慶事と呼ばれる事柄においてさえ不都合を作り出す。つまり、人は人に迷惑をかけずには生きていけない存在なのだ。そういえば、昨今、日本では「コスパ（費用対効果）」とか「タイパ（時間対効果）」とかいう言葉も流行っているようだが、これも似たようなもので、コスパとタイパを追求するなら、生まれてこないのが一番いい。生まれてこなければ一銭もお金を使わないし、時間も使わない。

迷惑にしても、費用にしても、時間にしても、人が生きている以上は「かかる」ものであり、「かける」ものなのだ。それをかけないようにするというのは、生の倹約であり、もっと平たく表現すればケチである。

ケチが悪徳であるということは、ディケンズの『クリスマス・キャロル』のスクルージを見てもわかるが、倫理以外の部分でも、ケチが増えるとお金が世の中に出回らなくなり、そうなるとどうなるかというと、経済全体が縮小する。だから、その悪循環を打破するために「もっと使えるお金が欲しい」と労働者が時々ストライキを起こし、それによる不都合を「まあ、しゃーねえな」と人々が受け入れる。そんな社会のほうが、ケチ（stingy）の反義語である寛容（generous）に近づくようにわたしには思われる。

サード・パーソン

ママ友からのメッセージが長い。メールなのかと思うほど長大だ。

しばらく音沙汰のなかったママ友との交流が復活した。彼女の娘とうちの息子は同じ小学校に通ったが、中学は別々だったので会うこともなくなり、またカレッジ（日本でいう高校にあたる）で合流したのである。

5年の間に、お互いの生活もすっかり変わっていた。わたしは保育士ではなく、物書きになり、彼女はパートナーと別れ、シングルマザーになっていた。それで最初はお互いの近況を伝えるために、メッセージが長大になった。まあ、それはしかたがないだろう。子どもが小学生の時代は、送り迎えをしなければいけないので、毎日のように顔を合わせる。けれども、中学以降は、学校のボランティア活動をするとか、そういうことでもない限り、保護者どうしが会う機会はない。

だから、「本当にいつまでも付き合うママ友は、子どもが小学生の時代にできる」とよく言われる。確かに小学校時代のママ友とは、話す内容もずっと親密になる。それゆえ、小学校の校庭で子どもが校舎から出てくるのを待ちながらしゃべっていたときの感じでメッセージを打ってしまうと、やたら長大になってしまうのだ。

最初に彼女の娘について聞いてみたときから、何か複雑な事情があるのだろうという感触はあった。あまり話したくない雰囲気が感じられたので、それとなくそこは回避するメッセージのやり取りに終始していた。

ところが、ある時点から、台風のときの堰《せき》が切れた川のように、彼女が娘の話ばかり始めた。どうやら反抗期ど真ん中のようで、いつも攻撃的なことを言うらしい。中学生の頃まではおとなしい真面目な子だったのに、いきなり派手な格好をしてカレッジに行くようになり、家でまともに食事をしなくなって、自分のセミヌードを自撮りしてＳＮＳに投稿しているのを発見したという。

「どうしてその投稿を見つけたの？」

と質問すると、やはり小学校時代のママ友の一人が教えてくれたという答えが返ってきた。そのママ友の娘が小学校時代に彼女の娘と仲がよかったので、心配しているというのだ。

「こちらの言い方が悪かったのかもしれないけど、そのことを話そうとしたら、『ビッチ』

と呼ばれた。そんな言葉を言われたのは初めてだったからショックで……。あんな言葉を使う子ではなかったから」

と彼女は書いていた。その数日後、カレッジの個人指導教員から呼び出されたというメッセージが来た。カレッジ内にカウンセラーがいるので、予約を取って娘にカウンセリングを受けさせるべきではないかと勧められたそうで、かなり取り散らかった文面だった。

小学校や中学校のときと違って、カレッジでは親と教員が会う機会もほとんどないし、ほぼ初対面のような人から、自分の子どもにカウンセリングが必要だと言われたのがよほど気に障ったようだ。立腹の様子は言葉の端々から伝わったので、刺激を与えないよう、あたりさわりのないリアクションを返しておいたら、次の週にまたメッセージが来た。

娘を病院に連れて行ったという。自傷行為をしている現場を目撃したというのだ。それで結局はカウンセリングを受けさせることになり、彼女本人もカウンセリングを受けることになったと延々と綴られていた。

彼女からの長いメッセージを読みながら、息子が小学生時代のことを思い出した。あの頃、ママ友付き合いをしていて気づいたのは、とても仲よさそうにしているママ友たちが、意外と互いのことを知らないという事実だった。どうしてそれに気づいたかというと、なぜかわたしだけはそれぞれのママ友の個人的な事情を知っていたからだ。

わたしには一つの仮説がある。彼女たちが自分の身に起きていることをわたしに明かしてくれたのは、実は、わたしが英国人ではないからではないか。遠い国からやってきた人間であり、自分と同じ文化圏で生まれ育った人間ではないから、あまり人には言わないような（言えないような）ことでも言いやすかったのだ。ともすれば、マウントの取り合いになりがちなママ友のサークルの中で、たぶんわたしはマウントを取らなくてもいい相手と見なされていたのだろう。

家族がカウンセラーにはなれないのと同じように、同じ国で生まれ育ち、同じような教育を受け、同じような常識の中で生きてきた人には、話しづらいこともあるのだ。「外側の人」と言えば差別的に聞こえるかもしれない。が、閉ざされた狭い世界が息苦しくなったときに救ってくれるのは、外側に立っている誰かの存在だ。「第三者」が必要な局面が人生には絶対にある。

思えば、わたしにしても「第三者」だらけの環境が欲しくて英国にやってきたのかもしれない。そう知っているから、積極的に「外側の人」ができることをしていこうと思うことがたまにある。何らかの意味のある言葉が相手に返せるわけではなく、「大丈夫だよ」としか言えなかったとしても。

世界の終わりとブレインフォグ・ワンダーランド

冬の終わりに3回目のコロナにかかった。高橋源一郎さんとリモートで対談した3月初めにようやく熱がさがったぐらいの状態だったので、「3度目です。もうプロです」と笑っていたのだったが、なんとそのときの動画を谷川俊太郎さんがご覧になったという。いま岩波書店の『図書』で谷川さんとの往復書簡を連載しているのだが、谷川さんからのお便りに、わたしがあんなに笑う人間だとは思わなかったと記されていた。あそこまで笑っていると深読みしたくなる、という実に鋭い洞察も添えて……。

さすがである。PCの前で、わたしはそのお便りにひれ伏した。人が意味もなく笑っているときには、だいたいそうせねばならない理由がある。そう。わたしにものっぴきならない理由があったのだ。

ブレインフォグである。

初めてコロナにかかったときは、わりとしゃんとしていた。というか、あのときは、がんで入院してコロナ感染していた連合いのほうが生死の境を彷徨う容態だったので、自分のコロナの状況はあんまり覚えてない。しかし、2回目は大変だった。味覚と嗅覚が完全にやられ、頭がぼーっとして思考力が落ち、ある原稿について「中盤からの展開がよくわからないのですが、説明してもらえませんか」と編集者から物言いがついた。で、突っ返された原稿を自分で読んでも「あれ？　わたしこんなもの書いたっけ」と他人事のように思え、「この文章、自分でも何を書いているのかさっぱりわかりません」と正直に返事するしかなかった。

そして3度目のコロナである。はっきり言っておく。これはプチ認知症である。しかも、その状態が何ヵ月も続く。記憶の回路が何かによって遮断され、もとに戻らなくなってしまうのだ。物書きが対談するときは、「あの作品が」とか「あの著者が」とか、記憶の引き出しをあれこれ開けながら話を進める。ところが、「あ、そういえばこういうのがあった……」と思いついても、その著者やタイトルが出てこないと会話は著しく困難になる。はっきり言って（何回もはっきり言う必要はないのだが）、対談にならない。それで、ずっと笑っていれば誤魔化せるだろうと思っていたのだが、谷川俊太郎さんはお見通しだった。

対談だけではない。ほかにもさまざまな問題が生じている。締め切りを忘れる、事務連絡を忘れる、支払いを忘れる、契約の更新を忘れる、というような失念のオンパレードで、先日なども、飛行機のチケットを予約している途中で自分のパスポートが切れていたことに気づく体たらくだ。最初はそういう自分に衝撃を受けながらも、「やーねー、もう」と笑いとばしていたが、こういうことが起こり続けると怖くなる。もはや、どこで何を忘れているかわからないので、そのうち取り返しのつかないことが起きてしまうのではないかという、言い知れぬ不安に包まれてしまうのだ。

それにしてもコロナというやつは賢い。4回もワクチンを打ち、2度もコロナにかかった人間の抗体をすり抜けるほど変異を繰り返し、なんとか生き延びようとしている。そのうち人は、ブレインフォグによって自分たちがコロナにかかったことすら忘れ、「なぜか急にいろんなことを忘れるようになったんだよね、どうしてなんだろう」と首をひねりながら、あっちこっちで失念や失態を繰り返し、世界中を大混乱に陥れるのではなかろうか。いっこうに戦争が終わらないのも、世界経済の減退も、すべて政治家たちのブレインフォグが原因かもしれない。

などと話を法外に巨大化させているのも、わたしのブレインフォグのせいだろう。暗い題材のエッセイだからほのぼのと着地させたいと思うのに、頭がうまく回ってないので、どんどん逆の方向にむかっている。このままでは、ハルマゲドンの可能性について書きかねない。なんとかほのぼの路線にUターンできないものかとキーを打つ手を止めてみると、机上に散らばった折り紙の数々が目に入った。認知症予防には折り紙が効果的というので、保育士時代に子どもたちと動物を折った日々を思い出して（この記憶はまだ飛んでなかった）、キリンやペンギンやゾウなど、本を見ながらせっせと折ったものたちが散らばっている。さながら小さな動物園のようだ。

かわいらしくていい感じではないか。このエッセイを世界終末戦争で終わらせないためにも、折り紙をエンディングに持ってくるのはいい。ちょっと違うかもしれないが、それは世界の平和を祈念して折り鶴を折る行為にも似ている。そう思いながら桜色の折り紙を手に取ったが、鶴の折り方が思い出せないことに気づき、わたしはまた呆然として世界の終わりについて思索している。

道化と王冠

チャールズ3世の戴冠式の国内での瞬間最高視聴者数は、約2000万人だったそうだ。昨年のエリザベス女王の葬儀が約2900万人だったので、だいぶ減っている。

その減った900万人の中にはわたしもいて、その日は朝からブライトンの中心部にあるジュビリー図書館で校正作業をしていた（ちなみに、拙著『両手にトカレフ』の第1章の舞台になっているのはこの図書館である）。

「今日はテレビで戴冠式を見ている人が多いだろうから、図書館は静かだろう」というわたしの予想は大幅に外れ、そのあまりの外れ具合にびっくりしたぐらいだった。学生さんたちを中心に（もともと、うちの息子を見ても明らかだが、英国のティーンは王室への関心が非常に薄い）、オープン前から図書館の玄関の外に並んでいる人々の列を見た瞬間、それが週末のいつもの光景と変わりないことに驚いた。みんな、2階の吹き抜けの大きなガラス窓に面した特等席を狙っているのである。あそこは確かに明るくて、気持ちがいい。

案の定、係員が玄関のドアを開くのと同時に、2列に並んで図書館の中に入って行った人々は、脇目もふらずに2階に上がり、明るいガラス窓の前の特等席を次々と取る。あっと言う間にすべて埋まってしまった。が、わたしは動じなかった。そこを狙っていたわけではないからだ。ずらっと並んだ本棚と本棚の間に孤島のように配置されたテーブルが、わたしは好きなのである。巨大な書斎の持ち主になった気分を味わえ、集中力が出て作業が進むからだ。特に、ポピュラー・ミュージック本の棚の近くの席がお気に入りだ。「うわ、こんな本があったんだ」「げ、この表紙、懐かしいー」とか言いながら本を取り出してぱらぱら読めば、休憩タイムも楽しい。

首尾よくいつものテーブルに陣取り、しばらく作業を続けてから、1階のカフェカウンターにコーヒーを買いに行った。吹き抜けのガラス窓のそばにカウンターがあるので、図書館の隣に立てられた仮設テントがよく見える。テントの奥には大きなスクリーンが設置され、戴冠式の生中継が見られるようになっているのだ。椅子やテーブルも配置され、ドリンクスタンドまで出ているが、中は人もまばらだ。朝からずっと雨が降っているし、わざわざ図書館の庭に戴冠式を見に来る人はいないのだろう。

館内を見渡せば、1階の窓際の休憩コーナーに、ホームレスとおぼしき人々が座っていた。

『パブリック図書館の奇跡』という米国の映画があり、大寒波の夜に行き場を失くしたホームレスの人々が図書館に立てこもり、図書館員がそれを支援する話だったが、雨の日のジュビリー図書館にも似たような空気がある。ここはすべての人々の公共の居場所なのだ。みんなそう認識しているから、雑多な人たちが自然に調和しており、穏やかで、何の緊張感も気まずさもない。平和とは、このまったり感のことではないだろうか。

しかし、ガラスの向こうに見える、仮設テントの大きなスクリーンの映像は、そんなにまったりした感じではなかった。ビシッと一糸乱れぬ緊張感で整列した兵隊たちと、目が潰れるような眩しい宝石で飾られた王冠を被った国王と王妃。厳かにというよりは、金銀きらきらの世界が映し出されている。コスト・オブ・リヴィング・クライシス（生活費危機）が流行語になっている英国で、市民の神経を逆撫でしないよう、これでも式典を簡素化したらしい。が、このゴージャスさは、明らかに時節に合わない。実際、厳戒態勢のロンドン中心部では、反君主制主義者の大規模な抗議デモが行われているようだ。そういう人たちは極端な考えを持つ少数派だと思う人もいるだろう。だが、4月に行われた世論リサーチ会社（YouGov）の調査では、64%の英国の人々が「チャールズ国王の戴冠式にはまったく、またはほとんど関心がない」と答えている。18歳から24歳の層では、この数字は75%に上がる。「好き」とか「嫌い」とか言われているうちはまだ花で、「どうでもいい」と思われるようになったらいよいよ問題なのではなかろうか。それを象徴するように閑古鳥が鳴いている仮設テントの光景と、いつも通り何も変わらない図書館内の光景を見るだけでも、昨年の女王の葬儀のときとはえらい違いだった。

2階に戻るときにちらっと見えた子どもの本のコーナーには、ピエロまで来ていて、子どもたちにマジックを見せていた。仮設テントよりよっぽど人を集め、盛り上がっている。

「クラウンだ！　マミー、クラウンがいるよ！」

玄関から入ってきた幼児がそう叫び、母親の手を引っ張るようにして子どもの本のコーナーに走って行った。ふと、カタカナにすれば、どっちも「クラウン」だなと思った。道化の「CLOWN」と、王冠の「CROWN」と。

ブライトンの図書館におけるクラウン対決は、気の毒なぐらいはっきりと前者に軍配が上がっていた。ビールが全然売れていない仮設テントのドリンクスタンドの店員が、じっとこちらを見ながら大きな欠伸《あくび》をしていた。

心配すべきでしょうか

英国に住んで27年目になるが、近年いよいよ凄まじくなってきたなと感じるのが、「心配」が叫ばれる物事の増加だ。いろんなことが心配の材料になり、人々もだんだんそんな気になって「やめるべきなのだろう」と思うようになる。

飲酒などはその顕著な例だが、最近わたしはＮＨＳ（国民保健サービス）の健康診断を受けた。健康診断と言っても、最低限のことしかやってくれない英国の国家医療制度のことなので、看護師との問診に身長と体重測定、そして血液検査がついているぐらいのものだ。そこで「週にどのくらい飲んでいるのか」と質問されたので正直にお答えすると、それはＮＨＳが「ここまでならオッケー」と定めている週あたりの飲酒量をはるかに超えているので、「心配です」と宣言された。

「心配です」というのは、「悔い改めよ」のソフトな言い換えである。

この「心配です」は、20年前なら喫煙者が言われた言葉だった。しかし、年々その表現が厳しくなり、英国などでは煙草の箱に「Smoking seriously harms you and others around you（喫煙はあなたと周囲の人々に深刻な害を及ぼします）」と記されるようになり、そのうち「SMOKING KILLS（吸ったら死にます）」という強烈な脅し文句まで印刷されるようになっていた。もうこうなったら、それでも煙草を買う人は命がけの行為をしているも同然ということになり、そのうち酒類にも「DRINKING KILLS（飲んだら死にます）」の警告がつくようになるのかもしれない。

「心配です」と言われるようになった事象はどんどん増えている。こうした心配文化を反映するように、『ガーディアン』という高級紙では、「Should I worry?（心配すべきでしょうか）」という連載すら始まった。糖分の摂取から始まり、睡眠不足、朝食を抜くこと、など、次から次へと心配の種が取り上げられているが、最近とみに語られることが増えている事柄が登場した。

長時間座ること、である。記事によれば、これが「新たな喫煙」と言われるぐらい健康を脅かす懸念材料になっているらしいのだ。

これはオフィスで働いている人、配送や運転の仕事をしている人、学生、ライターなど、かなり多くの人々に影響をおよぼす重大事だ。なんでもかんでも健康に悪いと言って人を不安に陥れる21世紀ならではの言いがかり……、とも言いきれないのは、英国では1950年代にはすでにこれに関する研究が行われていたのだという。「二階建ての赤いバス」として有名なダブルデッカーバスの運転手は、一日中バスの中を歩き回る車掌たちに比べると、心臓発作に見舞われる確率が2倍近くあったそうだ。また、2013年に発表された調査分析でも、「一日に座っている時間の総量が多いほど、すべての死因による死のリスクが高まる」という結果が出ているらしい。

このリスクを回避するためには、頻繁に立ち上がって体を動かしたり、歩いたりして、椅子に座りっぱなしの時間を減らす努力が必要だという。そう言えば、わたしは最近、コワーキングスペースで仕事をすることがあるのだが、そこにはマイデスクを持ってきてオフィスシェアをしている人たちの部屋もあり、たまにそういう部屋を覗くと、やたらと背の高いデスクを持ち込んできている人たちがいて、立ったままで仕事をしている。中には、体の両脇に背の高いテーブルを置いて、立ったまま右手でパソコンを打ちながら、左手では別のモニターに繋がったキーボードを打っている人とかもいて、まるでライブパフォーマンスをしているミュージシャンかＤＪみたいだと思うこともあるが、ああいう人たちは、すでに座りっぱなしの危険性を意識し、働き方改革を行っているのかもしれない。

しかし、こうしたことが一般化していけば、世の常識が一変する可能性もある。例えばいままでは、じっと机に座っていられない子どもは落ち着きがないとか、集中力に欠けるとか言われたものだが、座りっぱなしがよくないということになると、健康に気をつけている模範児童ということになる。また、電車やバスの中でお年寄りに席を譲ることは美徳だと考えられているが、将来的には高齢者の健康について配慮していないと見なされるかもしれない。公共交通機関の壁に英国保健省が「SITTING KILLS（座ると死にます）」の広報ステッカーを貼る時代が来ないとも限らないのだ。

また極端なことを、と思われるかもしれない。だが、喫煙だって半世紀前には「クールで知的」ともてはやされていたし、飲酒だって人づきあいを支えるものと捉えられていたのだ。それがいまや、喫煙はダサくて頭が悪そうな習慣と見なされ、飲酒はハラスメントに繋がると眉をひそめられる時代なのだから、人々の認識は180度変わる。目上の人やお偉いさんは椅子に座らせ、下々の者は立っておけ、というような風習だってすぐに「時代遅れ」になる可能性がある。

そう思えば、世の中のあり方を根底から変えるのは、「正しいかどうか」ではなく、「健康にいいか悪いか」なのかもしれない。心配は革命を起こす。

つながらない権利

コワーキングスペースで、たまに一緒になる女性がいる。30代後半という感じで、いかにも仕事ができそうなムードを漂わせ、バリバリとデスクで仕事をこなしている。

共同のキッチンでコーヒーをいれるときに何度か一緒になり、言葉を交わすようになって知ったのだが、ロンドンの大手会計事務所に勤めているらしい。コワーキングスペースを借りて仕事をしているのはわたしのような自営業者ばかりだと思っていたので、どうして会社があるのにコワーキングスペースを借りているのかと尋ねてみたら、コロナ禍以降、いわゆるハイブリッドワーク制（出社と自宅勤務を半々ぐらいにする）が導入されたそうだ。だが、いま自宅が内装工事中で、作業員たちが出入りして落ち着かないので、コワーキングスペースに来ているという。

コワーキングスペースには電話用のブース（小さな個室）があり、周囲の人々の作業の妨げにならないよう、電話はそこですることになっているのだが、わたしが知っている限り、そこに入って行く回数が最も多いのが彼女だ。

頻繁に上司からスマホに電話がかかってくるからである。

この上司というのが、会計士としては優秀な人らしいが、日常の雑務が苦手で、物を失くしたり、必要な物の保管場所を忘れたり、自分のスケジュールがわからなくなったりして、何かあるたびに部下の彼女に聞いてくるらしいのだ。

「あー、いるよね、そんな人」

仕事は天才的だが、日常の細かいことが驚くほどできない上司のもとで働いた経験があったので、わたしは深く頷いた。彼女はコーヒーをいれながらため息をつく。

「昼間のうちにかかってくるのは勤務時間中だからいいけど……、夜とか早朝にもメッセージが来るのがつらくって。勤務時間外にはさすがに電話はないけど、既読になってるのがわかると返事しないわけにはいかないし」

ああ、確かにいまの時代はそれがつらいなと思う。むかしは「すみませーん、メールをチェックしてませんでした」と言えば済んだことが、いまはスマホにどんどんメッセージが届く。上司をブロックするわけにもいかないだろうし、「一晩中スマホを見てませんでした」は言い訳としてかなり苦しい。

「スマホはワークライフ・バランスの敵だなってつくづく思う」

彼女はそう言って笑っていたが、これは笑って済ませられる問題ではない。人間はコンピューターじゃないので、24時間つながりっぱなしというわけにはいかないからだ。

昨今、話題になっている「つながらない権利」がまさにこのことだ。ポルトガルではすでに「つながらない権利」が法制化されていて、勤務時間外に企業が従業員に連絡してはいけないことになっているそうだ。もちろん、いくつか例外と見なされるケースはあるが、原則として、勤務時間外に上司が部下に連絡したりすると、企業に罰金が科されるらしい。

「つながらない権利」が労働者の権利として注目されるようになってきたのは、ハイブリッドワーク制を取り入れた企業が増えたからだ。自宅で働くことが許されると、自由になれるような気がする。が、なぜか在宅勤務が広がると、企業は勤務時間外にも従業員たちに連絡を取るようになってしまったという。ロックダウン中に「どこにいてもテクノロジーがあればつながれる」ことを実感したせいなのか、「どうせ家で働いているのだから、勤務時間なんてあってないようなもの」と思うようになってしまったのかは謎である。

しかし、時間に関係なく連絡をされる側からすれば、常にご主人様の呼びかけに応えなければならない住み込みの召使いになったようなもので、気が休まらない。ワークライフ・バランスどころか、ワーク&ライフの液状化現象が起きて、どこが境目なんだか判然としなくなる。「職場から出たら、あとはわたしの時間」みたいな解放感が得られなくなってしまうのだ。

「英国でも『つながらない権利』が法制化されたら、上司も連絡できなくなるのにね」

わたしがそう言ったら、彼女は頷きながら言った。

「うん。早くそうなってほしいと切実に思う」

そんなことを話しながらキッチンからそれぞれのデスクに戻ると、またもや彼女のスマホが鳴った。本当に困った上司だなあ、と思っていると、彼女は立ち上がって電話ブースのほうに歩いて行くのではなく、そのままデスクでスマホを耳に当て、しゃべり始めた。

「え？　はい。わかりました。いまからすぐ行きますので」

いまからロンドンに行くのだろうか？　彼女の上司ときたら、いったい今度は何をやらかしたんだ？　と思っていると、素早く帰り支度をした彼女がわたしのデスクに近づいてきた。

「子どもが保育園で熱を出したみたい。いまから迎えに行ってくる。じゃ、またね」

そう言って、小走りに外に出て行く彼女の姿を眺めながらしみじみと思った。子育てには「つながらない権利」はないのである。せめて仕事でぐらいその権利を獲得しなければいけない理由が、ここにもある。

巻き込まれるスキル

当連載をいつも最初に読んでくれるのは2人の若い編集者だ（自分より年下の人々はわたしにとっては若いし、日本の年齢中央値は48・4歳だそうだから、その点でもまだまだ若手である）。2人とも、毎回とても面白い感想メールを送ってくださる。それをまとめて一冊の本にしたらいいのでは、と思うぐらいだ。世にエッセイ集というのは多くあれど、編集者の感想付きというのはそうない、というか見たことがない。どこか往復書簡のようでもあり、本文と感想文がセットになった読書本のようでもあり、なかなかレアな企画だと思うが、どうだろう。などと、ここで営業する必要もないが、先日、いつものように届いた感想メールを読んでいると、わたしのコミュニケーションスキルに関する言及があった。

コワーキングスペースで一緒になる人に話を聞いたりしているあたり、わたしのコミュニケーションスキルが高い、というのだ。正直、これには違和感をおぼえた。なぜなら、英国の人はめっちゃしゃべるので、コワーキングスペースはおろか、公共交通機関から道端まで、うっかり目が合ってしまうと会話が始まることが多い。わたしなどはシャイな人間なので、自分から話しかけていくことはないが、向こうからガンガン声をかけられるので、つい「ハーイ」とか応えてしまうのだ。

例えば、昨日、わたしは図書館で仕事をしていた。いつもの〝ポツンと離れ島〟みたいなテーブルが空いていなかったので、長いカウンターに椅子がずらりと並んだコーナーに座っていた。コロナ禍以降、このカウンターには各席の両サイドに衝立が設けられている。〝集中できる〟と学生に人気だそうで、コロナ禍が終わってもそのままにしてあるのだ。

そんなわけで隣に座っている人の顔は見えないし、そこでコミュニケーションが生まれるわけがないのだが、これがなぜか生まれてしまう。小一時間も作業をしていると、左隣の椅子に腰かけていた青年が衝立の上から顔を出して話しかけてきた。

「すみません、作業中のところ……。USBの充電ポートが機能してないみたいなんですが、そちらで充電させてもらっていいですか？」

「いや、わたしのところには充電ポートがありません。このカウンターで充電できる場所は、たぶん2、3ヵ所しかないと思います」

ああ、そうですか、と、ここで会話が終わってもいいところだ。が、青年は言った。

「そうですか……。困ったなあ、このレポート、3時までに提出しないといけないのに。このあいだ来たときはちゃんと充電できたんですよね。こういうときに限って！」

そういうもんですよね、と、ここで会話を終わらせてもいい。が、わたしは言った。

「急いでるんだったら、わたしのPCから充電します？」

「え、いいんですか？」

「もちろん」

と答えると、青年は嬉しそうにわたしにUSBケーブルの片方の端を渡した。が、短すぎてわたしのPCまで届かない。「無理ですかねー」「いや、ギリギリまでPCを動かせば」とか言いながら二人でごそごそやっていると、右隣の衝立の上から女性の顔が現れた。

「長いケーブル、持ってますよ」

彼女は自分のリュックの中に手を突っ込み、長いケーブルを出してこちらに渡した。わたしと青年は声をハモらせて言う。

「ありがとうございます」

ここで、ふつうなら会話は終わるかもしれない。が、彼女はわたしのパソコンのスクリーンを見て言った。

「それ日本語ですか？　懐かしい。上から下に読むんですよね」

「もしかして、日本語わかるんですか？」

「いいえ、そうじゃないんですけど、学生の頃、日本食レストランでアルバイトしていたので」

「え、どこのレストランですか？」

と聞いてみれば、それはわたしのママ友ならぬ、パパ友が経営している店だ。

「えー、そうだったんですか」

「世間は狭いですね」

とか言っている間に、左隣の席の青年は無事にケーブルをつなぎ、

「めっちゃ助かりました、おふたりがここにいてよかった」

と礼を言う。そんなこんなで青年が無事にレポートを上司に送ったときには3人でガッツポーズをとり、祝福したのだが、その頃にはもう、わたしは青年が地元のリサーチ会社に勤めていることや、右隣に座っている女性が大学の研究員だということも知っていたし、前者が犬を飼っていてその名前がクーパーだということも、後者がコーヒーを飲まないのは双子を妊娠中だからということも知っていた。

しかし、こういうのをコミュニケーションスキルとは呼べないのではないだろうか。わたしには、よくしゃべる人たちに巻き込まれているだけとしか思えない。彼らはどうしてこん

なにしゃべるのだろう。そういえば、話すことは民主主義の基盤とも言われる。だが、民主主義の基盤には重大な落とし穴もある。肝心の作業が全然進まず、また締め切りを守れなかったりするのだ。

バーベキュー・パーティー

夏になると、英国の住宅街に一斉に漂い始めるものがある。バーベキューの匂いだ。スーパーに行くと、バーベキュー用の肉やソーセージが特売品として一番目立つところに置かれ、ソーセージや串刺しの肉のパックをショッピングカートに入れた人々が、酒類売り場に直行して24本入りのビールの箱や箱入りワインを買っている。

わが家のある通りでも、あちらこちらでバーベキュー・パーティーが始まり、週末になるとどこかしらに招かれて行くことが増える。先週もそうした集いの一つに顔を出した。

昨今の英国の地べたの特徴として、人が集まると、自然と物価の話になる。「バーベキューの肉の値段も上がったよね」とか、「最近はスーパーで会計を済ますときに、以前の5割増しぐらいの金額になっていてビビる」とかいう話をしていたときに、あるご近所の女性が言った。

「こんなに食費がかかるようになると、スキンケア製品なんか買えなくなっちゃって……。顔にオリーブオイルを塗ってみたら、それが実は意外とよくて」

「へえー」

「わたしも高いパックなんて買えないから、キュウリを顔にのせてみた。むかし、母親がよくやってたから。そしたら、なぜかシミが薄くなったような気がする」

と言った女性もいた。

「ヨーグルトを塗るのもいいって言うよね」

「あのね、実ははちみつも……」

と、どんどん話に加わってくる人たちがいて、ついに英国のお母さんたちはキッチンにあるものでスキンケアを行う時代になったのかと思ったが、ふと思い出したのは祖母のことである。わたしは若くして子どもを生んだ両親のもとで育ち、しかもたいへん育てにくい反抗的な性格をしていたので、よくボロクソに叱られて祖母の家に逃亡した。だから、幼年期の半分は祖母の家で過ごしたようなものなのだが、その祖母がやっぱり顔にキュウリやレモンをのせたりしていたのだ。

そういえば祖母は、使ったお茶の葉を溜めておいて、それを家中に撒き散らしたりしていた。「ばあちゃん、なんでそげん散らかしようと?」とびっくりしていると、ちゃっちゃっとお茶の葉を箒《ほうき》ではき始めて、「こうするとお茶の葉に埃がくっついてきて、家の中がとてもきれいになるのよ」（いや、ほんとうにガサツなわたしの祖母らしからぬ、こういうハイソなしゃべり方をする人だった）と言っていた。「おばあちゃんの知恵袋」とはよく言ったものだが、記録的な物価高に苦しむ英国の庶民のあいだで、どうやらそういった感じのものがリバイバルしているのである。

例えば、『ガーディアン』という新聞のサイトにも「ビューティー・ハック」という連載があり、それがこういう知恵の宝庫だ。薔薇の花びらにとうもろこしの粉を混ぜてチークパウダーを作るとか、ジャガイモをニキビに擦り付けると治るとかいうアイディアを取り上げ、記者が実際にそれをテストして可否の判断を下している。

中には子どもの色鉛筆をリップペンシルの代わりに使うというすごいアイディアもあって、さすがにどうかと思うが、これはTikTokで拾った「知恵」だという。記者は律儀に色鉛筆の先を水で濡らし、唇の輪郭をとってみたらしいが、硬すぎて描けなかったという。さらに、フェイク・タン・ローション（日焼け肌に見せるローション）の代わりにインスタントコーヒーを使うというのもある。手持ちのボディローションにインスタントコーヒーを混ぜればいいという「知恵」だが、試してみた記者によれば、肌は確かに小麦色になったものの、雨が降ると全身からコーヒーが流れ出し、隣に座っていた人の衣服を汚すなどのデメリットがあったそうだ。美容液やクリームに使われて人気のカタツムリを庭で探して、カタツムリが這った後の粘液を綿棒で採取し、顔に塗って寝るというのもあった。苦労のわりにはあまり量が取れないので、翌朝、肌に変化を感じることはなかったという。

ほかにも、バナナの皮が目のクマに効くとか、シャンプーした後は髪をコカ・コーラですすぐといいとか、こうなってくるといよいよ「おばあちゃんの知恵袋」じみてくる。いまは本当に2023年なのかという気分になってくるが、「知恵」で苦しい時代を乗り切ろうとしている人が多いのだろう。

しかし一方では、これが本当に倹約になっているのかという疑問も残る。なぜなら、バナナもコカ・コーラも無料ではないし、食品価格が特に上昇しているいま、長期的に考えると安い化粧品より高価になる可能性もあるからだ。

それに、効く効かないは別にして、カタツムリを追いかけたり、化粧品を手作りしたりするには時間がかかり、タイパ的には効率がいいとも言えない。もちろん、そのために外出などにかけられる時間が減って、お金を使わなくなるという利点はあるが。

いよいよ世知辛い時代になってきた。ひょっとすると、「暮らしの知恵」を試して楽しむ行為じたいが、お金のかからない娯楽の一つなのかもしれない。

トラベル・トラブル

今年は、飛行機に乗るとトラブルが起こる。たとえば今年最初の移動は、年初に母親が亡くなったときだった。寝起きにスマホを見て、「母ちゃんが亡くなりました」というタイトルのメールが妹から来ていたのを確認し、その日の夕刻にヒースロー空港を発つ日本行きの飛行機を予約した。

羽田から福岡行きの国内線も一緒に予約し、あとは乗って日本に向かうだけだった。ところが、東京は記録的寒波に見舞われているとかで飛行機がなかなか空港に着陸できず、到着が遅れてしまった。乗り継ぎギリギリの時間である。国内便も同じ航空会社とはいえ、海外から日本に到着する乗客は、日本の空港で預け荷物を受け取らなければならない。なかなか出てこない荷物を待っている間にさらに時間は経過し、ターミナルを走りに走ったが福岡行きの便に乗り遅れた。

が、なんとか次の便に振り替えをしてもらい、福岡行きに乗ることができた。ところが、これまた寒波のせいで、なかなか飛行機が飛び立たない。機内で待たされてようやく離陸した頃には長旅の疲れで寝込んでしまったが、「当機は羽田空港に引き返します」といういきなりのアナウンスで目が覚めた。

どうやら福岡空港には門限があるらしく、このまま飛んでいってもそれに間に合わないので着陸できないというのだ。夜遊びを覚えたばかりの中学生でもあるまいし、空港に門限があるというのもびっくりしたが、そのアナウンスがあった時点で広島上空まで行っていたという事実にも驚いた。羽田空港で飛行機が離陸できず小一時間待たされたことも含め、はっきり言って、なんという時間の無駄だろう。こっちは14時間も15時間もかけて英国から飛んできた後でこの事態だぞ、と怒りがこみ上げた、というより、正直、わたしは思った。

まあ、こんなものだろう……。

過去数年間、わたしはなぜかこういう旅行中のトラブルに巻き込まれなかった。しかし、その前を思い返せば、何をやっても、どこに行ってもトラブル続出で、何一つスムーズにいかないのがわたしの人生だったはずである。久しぶりにわたしの人生がわたしの手に戻ってきた。考えようによっては、これは言祝《ことほ》ぐべきことではないのか。

なんてことを考えて明るい気分になるわけもなく、心身ともにどんより疲れ切って羽田空港に戻った。航空会社のスタッフと、飛行機の振り替え予約やホテル予約をしようとする乗客たちが空港の手荷物受取場に散らばっていた。どうしてこの人たちはフォーク並びをしないでぐちゃぐちゃに散在しているのか。これが英国だったら、フォーク並びをしない人に激怒し出すスキンヘッドのおっさんとかが必ずいて、君たちは泣くほど罵倒されるぞと思いつつ、どこに並べばいいのかわからずぼんやりしていると、いつの間にかわたしが最後まで残っている乗客になっていた。

「手頃なホテルはもう残ってないんです……。当社で補償できる金額よりかなり高いですが、もうここしかありません。差額は負担していただくことになります」

まあ、こんなものだろう……。

そう思いながら空港近くに1泊して（でもホテルに着いた時点で午前1時だった）、翌朝、無事に福岡に飛んだのだった。

一年の計は年初にあるのか知らないが、あれが最初のフライト体験だったせいか、今年は飛行機が遅れたり、キャンセルになったり、目的地にすんなり着いたためしがない。先週、所用でリスボンに行ったときも、行きは30分程度の遅れで済んだので「珍しいこともあるもんだ」と思っていたら、帰りの夜のフライトが案の定キャンセルになり、次の日の便に振り替えてもらったら、そっちもキャンセルになった。3日目はさすがにこの格安航空会社が信じられなくなって、TAPポルトガル航空の便を自分で取って英国に戻ってきたのだが、現在、当該格安航空会社とは補償を求めてバトル中である。

こういうバトルも昔はしょっちゅうやっていたもので、2つも3つも並行して闘っていたこともあったが、近年はまったくする必要がなかった。英国に来たばかりの頃は、銀行からお金を引き出せばお札の枚数が足りないとか、買い物すれば店内表示価格と実際の価格が違うなど、あまりに多くの物事が間違っていて、そのたびにバトルしなければならなかったのだが、いつしか英国もきちんとした国になり、そのせいでわたしはぼんやりした人になり果てていたのではないか。

「まあ、こんなものだろう」は単なる諦めの言葉ではない。「こんなもの」だから闘わねばならんという一段深い諦念の表明なのだ。そう思いながらこの原稿を勢いよくタイプしていると、夏休み中の息子がわたしの仕事部屋を覗きながらニヤニヤして言うのである。

「母ちゃんは、物事がうまくいってないときに俄然生き生きしてくるね」

今年の夏の帰省は予約便に何が起きるのか（もうすでに帰りの便が一度キャンセルになって、別便に振り替えになっている）、想像しただけで気合いが入る。

民と民とのおつきあい

夏の帰省で英国から福岡に帰る便を予約したのは春のことだった。ソウル乗り継ぎで帰れる便を予約していたのだが、その二ヵ月後、ソウルからロンドンに向かう便がキャンセルになってしまった。救いは翌日のソウル—ロンドン便に空きがあって振り替えできたことだが、問題はそれにうまく乗り継げる福岡—ソウル便がなく、前日の夜にソウル入りしなくてはいけないことだった。

この便がソウルに到着するのは午後11時頃。ロンドン行きの便は翌朝までなく、待機時間が約10時間になってしまう。ふつうなら、ここで空港近くのホテルを予約するところだろう。だが、わたしと息子は別の選択をした。

「どうせ行ったり来たりしてるだけで時間を食うから、空港内で寝ようか」

これは何のあてもなく辿り着いた結論ではなかった。以前にも仁川《インチョン》空港で乗り継ぎをしたことがあるわれわれは、同空港にはトランスファー・ラウンジなる施設があり、平らな仮眠用ソファに横になれる「ナップ・ゾーン」や、無料で使えるシャワーなど、長時間の乗り継ぎ客にとっては至れり尽くせりの設備があることを知っていたのである。

「あそこならなんとかなるでしょ」

「ターミナルの中に2ヵ所トランスファー・ラウンジがあるらしいから、そんなにいっぱいになることもないだろうしね」

と楽観して仁川空港に着いたわれわれであったが、トランスファー・ラウンジの一つに行ってみると、こんな看板が立っていた。

「午後10時から午前5時までこのラウンジは閉鎖します。ターミナル内に同様の施設がもう1ヵ所ありますので、そちらに行ってください」

午後10時から午前5時なんて、空港で1泊を狙う人々にとってもっとも必要な時間帯ではないか。なのに、こんな時間に閉鎖するなんて、いけずもいいところである。

しかたがないのでターミナルの反対側にあるトランスファー・ラウンジまでひたすら歩き、ようやく到着してみれば、「ナップ・ゾーン」の仮眠用ソファはすべて埋まっている。あぶれた人々は、閉店したカフェのエリアや、コンピューターが置かれているエリアにふきだまり、そこにある椅子を並べたりして、なんとか睡眠をとろうと各自で工夫していた。

われわれもそれに倣うことにして、空いていた椅子を3つ見つけ、コンピューター・エリアの一角に陣取った。息子がカフェのエリアに歩いて行って、もう1つ椅子を探しているときだった。

コンピューター・エリアの奥のほうで、いくつも椅子を並べて、家族で寝る体勢に入ろうとしていたアジア系のお父さんとその息子らしい若者が、背もたれとシートの部分がふかふかになっている大きな椅子を1つずつ抱えてこちらに歩いてくる。

いきなり中国語で何かを話しかけられたので、

「すみません、わたしは日本人です。中国語わかりません」

と英語で答えると、先方は

「プリーズ」

と言って、ふかふかの椅子を2つ、わたしたちの陣地に置いた。そして、わたしたちが集めてきた硬くて小さい椅子を1つずつ持ち上げ、

「チェンジ、チェンジ」

と言う。どうやら、わたしたちの硬い椅子のうち2つを、彼らが持っていたふかふかの椅子2つと交換しようと言っているらしい。このあたりで寝ようとしている人々の椅子の配置の仕方を見ていると、みんなふかふかの椅子に体を乗せ、硬い椅子を足置きに使っていた。

しかし、わたしと息子はふかふか椅子を一つも持っていない。それで、ふかふか椅子をたくさん持っていた彼らが、ゆずってくれようとしているようだった。

「いいんですか？　ありがとうございます!!」

と英語で言うと、お父さんは照れたように顔の前で手を振り、息子と一緒に自分たちの陣地に戻って行った。

「あそこのジェントルマンが、柔らかい椅子を持ってきてくださったよ」

硬い椅子を抱えて戻って来た息子にそう話すと、息子も
「おお、素晴らしい！　ありがとうございます」

と、横になって寝る態勢に入ろうとしているお父さんのほうに大きな声で言った。お父さんはいよいよ恥ずかしそうにして、顔を上げずに片手の親指だけ突き上げていた。

民際《みんさい》。という言葉を思い出した。国際ではなく、民際。国と国とのつきあいではなく、民と民とのつきあいのことだ。日本を出るとき、福島第一原発の処理水の放出をめぐる中国からの反発のニュースがさかんに報道されていたので、この言葉が脳裏にくっきりと蘇った。

「ジェントルマン」「ジェントルマン」と子どもたちにからかわれているお父さんが、頭をもたげて「早よ寝ろ」みたいなことを言っていた。わたしには中国語はわからないが、そういうことを言っているように、確かに聞こえたのである。

夏の終わりと黄金の犬

灼熱の日本から戻ると、9月初旬の英国はすっかり秋だった。この季節の英国は散歩にちょうどいい。暑くも寒くもなく、樹木や芝生は鮮やかな緑色をまだ保っている。夏のあいだ、花粉症に苦しめられるわたしのような人間は、一気に外を歩きたくなる時期である。

そんなわけで、最近は体の調子がいい連合いを伴い、近場の公園やキャンプサイトなどを散歩するようになり、たまには近隣の州（日本で言ったら県みたいなもの）にまで足を延ばすようになったのだが、先日はケント州のキャンプサイトに行ってきた。

それは絶好の散策日和だった。爽やかな日差しに木々の葉が輝き、花々が風に揺れている。英国の田舎って、きれいな時期は浮世離れしているほど美しいのだ。とりあえず、その絵画的な風景の中をパブまで歩こうという話になり、連合いと並んで小道を進んでいたときだった。どこからともなく小型のゴールデンレトリバーが近づいてきた。そして、われわれに向かって激しく吠え始めたのである。声に反応するようにぞろぞろほかの犬たちも現れた。ボクサーもいればシェパードも、ビーグルもいる。たぶん20匹以上はいたと思う。その後ろから、今度は子どもたちが出てきた。

「ここから出ていけ！」

と口々に叫んでいる。彼らの一番後ろから現れた、リーダーとおぼしき、まだ10歳にもならないだろう少年が大声で言った。

「ここは私道だ。勝手に入るな」

「でも、地図には公道と書いてあるから、ここは公道でしょ」

とわたしが答えると少年は言った。

「地図なんか信じる人間はバカだ」

ほかの子どもたちがどっと笑った。じっとこちらを睨んでいる犬、けたたましく吠える犬、ううううと低く唸っている犬。その背後に立っているのは10人ぐらいの子どもなのだが、わたしは脅威を感じていた。悟られないように大股で歩き始めると、いきなり石が飛んできた。子どもたちがこちらに石を投げているのだ。病み上がりの連合いに当たってはまずいのでとっさに庇《かば》おうとすると、連合いは前に出て行って叫んだ。

「このピカピカほっぺのしょんべん小僧どもが！　人をなめたことしやがると、てめえらのファッキン親たちに話をつけにいくぞ」

久しぶりに連合いがベタベタのコックニー訛《なま》りでしゃべったのを聞いた。いまどきのロンドン在住者にはしゃべれない昔かたぎのコックニー訛りは、若者や子どもにはギャング映画のマフィアが話しているようにしか聞こえないと耳にしたことがある。そのせいだろうか、子どもたちは背中を向けて茂みの中に逃げて行った。

子どもたちがいなくなると、犬たちも一匹、また一匹と茂みの中に消えて行った。が、最初に現れたゴールデンレトリバーだけが、まだわたしたちの後をついて来ていた。茂みの中から、先ほどのキッズ軍団の中にいた少女が現れて、こちらに近づいてきた。

「その犬を返して」と言うので、「もちろん!」と答えた。

彼女はその犬を「テイラー」と呼んだ。毛のふさふさした金色の犬の姿は、確かにテイラー・スウィフトに似ていると思ってちょっと笑いそうになったが、テイラーは少女と一緒に行こうとしない。少女はそのうち諦めて、ほかの子どもたちのところに戻って行った。テイラーは首輪もしていないし、毛並みもきちんと手入れされている感じではない。

車がたくさん走っている大通りに出ても、テイラーは後ろをついて来た。車を怖がる様子がまったくなく、堂々と道路の真ん中で止まったり、行ったり来たりしたりする。車を停めて窓を開け、こちらに文句を言う人もいて、「わたしたちの犬ではないんです」と説明せねばならなかった。このまま置き去りにするわけにもいかないので、ＲＳＰＣＡ（英国王立動物虐待防止協会）に電話をすると、地方自治体に連絡するように言われた。が、役所の担当部署に電話をしてもクラシック音楽が流れるばかりで、まったく繋がらない。すると、連合いがいきなり高く両手を振って一台の車を停めた。それは中に犬を乗せている車だった。車中のカップルにわけを話すと、テイラーを地域の救急動物病院に連れて行くと申し出てくれた。救急動物病院ならＲＳＰＣＡが保護に来るだろうというのだ。

こうしてわれわれはようやくパブに辿り着き、一服してからブライトンに戻ったのだったが、翌日、外で仕事をして帰宅すると、連合いがこう言った。

「無事に飼い主のところに戻ったらしいよ」

聞いてみれば、連合いはテイラーのことが気になって夕べ眠れなかったらしく、朝のうちにカップルが話していた救急動物病院に電話してみたのだという。先方は快くあの犬のその後について教えてくれたらしい。

飼い主の情報が入ったマイクロチップが装着されていたそうで、飼い主に連絡すると、すぐに迎えに来たということだった。もちろん飼い主の情報は教えてくれなかったが、テイラーの本当の名前は「サマー」だったということだけ教えてくれたらしい。

「夏の終わりに、黄金のサマーが見つかったんだよ」

珍しく連合いが風流なことを言った。そういえば、検査や手術や医師のストライキに振り回された彼の夏も、ようやく終わろうとしている。

顔見知りがいなくなる町で

26年も同じ家に住んでいると、近所はみんな顔見知り、なんてことになりそうなものである。確かに、10年ぐらい前ならうちの周囲もそんな感じだった。だが、いまや近隣は知らない人だらけである。

わたしが住んでいるのは元公営住宅地で、団地ではなくてセミディタッチド・ハウスという、建物も庭も真ん中で分断された、2世帯が住める一軒家（英国の地方の町には多い）だが、こうした公営住宅には「安っぽい、ダサい、地域の環境がよろしくない」という偏見がある。だから、あんまり値が上がらなかった。しかし、住宅価格が高騰するにつれ、家を買えなくなった若い人たちが安い公営住宅を買ってお金をかけてリフォームしたり、改築したりするようになった。そうこうするうちに、ほかの地域に比べれば安いとは言え、元公営住宅地の価格まで上がってきた。

その頃、ご近所の家が一軒、また一軒と売りに出始めた。価格が上がったところで家を売って、もっと田舎に安い家を買い、余ったお金を老後のために貯金する、という生存戦略を取る人が出てきたのである。もともと、大金には縁がない労働者階級の多い地域だったから、みんな自分の家の値段が上がってきたことにザワつき、価格が落ちないうちにさっさと売ろうと考えたのだ。

ここ数年、この動きにさらに拍車がかかった。コロナ禍が終わったら住宅バブルがはじける、物価高と生活苦の時代到来で住宅バブルがはじける、と言われ続けてきたからだ。だが、ブライトンのバブルはいっこうにはじけない。

どうもブライトンは人気らしいのだ。というのも、ハイブリッドワークを取り入れる企業が増え、週に3日だけオフィスに行けばいい、みたいな働き方改革がコロナ禍で進んだため、海辺のリゾート地（＝ブライトン）に住んでたまに都会（＝ロンドン）に通勤する、というライフスタイルを選ぶ人が激増したのだ。とはいえ、海辺の住宅は高すぎるので、内陸部にまでこの波が及んでしまった。

おかげで、うちのような元公営住宅地でも住人の入れ替えが起きた。まず、住人たちがめっきり若く、スタイリッシュになり、裕福そうな移民が増えて国際化した。通りがミドルクラス風になるってこういうことなのね。つくづくそう思う。血統書付き、みたいな立派な犬を連れて散歩しているパリッとした人々の姿を窓から見るにつけ、自分の家にいながら、なんか落ち着かない。

変わったのは周囲の環境だけではない。生活様式も変わった。久しぶりに近所の郵便局（と言っても、雑貨屋の一角）に行く道すがら、そんなことを考えていた。ほんの数年前まで、頻繁に郵便局に通ったものだった。が、いまやすっかりそれもなくなった。以前は日本の出版社に送る契約書だの許諾書だのという書類があったのだが、ここ数年で書類のデジタル化が進み、オンラインでの署名だけで済む会社が増えたので、わざわざ茶封筒を持って郵便局に行くこともなくなったのだ。

とはいえ、古式ゆかしい紙の書類を使っている出版社もある。それで数ヵ月ぶりに郵便局に向かったのだが、雑貨屋の隅にある郵便局のカウンターに立っていたのは、いつものインド人女性だった。だが、「ハロー」と挨拶しながらわたしは戸惑った。その女性は、以前からそこにいた店主の妻のような気もするのだが、全体の印象が前に会ったときとまるで違っていたからだ。しゃべり方もやけにゆっくりになっていて、言葉が聞き取りにくい。これはいつも窓口に立っていたあのチャキチャキした女性ではなく、彼女の母親ではないか、と思った。だが、いくら親子でも顔がこれほどそっくりということがあるだろうか。

事務的な会話を交わしながら、封筒を渡し、スタンプを押してもらったりして用を終えた。

以前は世間話をした仲だったから、こんなにあっさりした対応はないだろう。やっぱり彼女のお母さんか誰かだったんだろう。うっかり馴れ馴れしい口を利いたりしないでよかった。そう思って帰宅したのだったが、それから数日たってボランティアに行ったとき、人から聞いて事情を知った。雑貨屋の店主の妻は、ロックダウン中に脳卒中の発作を起こしたのだという。だが、医療機関がコロナでパンク寸前の状態だったために治療が遅れ、後遺症が残ってしまった。それで、ずっとリハビリを続けてきたらしい。ようやく短い時間なら窓口に立てるぐらいまで回復したのは、ごく最近のことだそうだ。

そういえば去年も、その前の年末も、クリスマス・カードを送るために郵便局に行ったとき、窓口にいたのはパートの人だったように思う。雑貨屋の店主の妻の不在について深く考えることもなかったが、そんなことになっていたとはまったく知らなかった。

顔見知りの人が減っていく町で顔見知りの人に会ったのに、わたしは本人だと思わなかったのだ。

なぜかそのことに衝撃を覚えた。そして次に郵便局に行くときには、彼女に思い切り馴れ馴れしい口を利こうと思った。

どうしてそんなことを強く思ったのかわからない。それは何かに対するリベンジのような気もする。

子育てサイトの闇

英国に「マムズネット」という子育て支援サイトがある。「マム」という言葉を名前に使っていることからもわかるように、子育て中のお母さんたちがよく覗いているサイトだ。

このサイトのウリは掲示板である。「妊娠」や「赤ん坊の名前」から「美容」「不動産」まで、多様な話題の掲示板があり、ユーザーから投稿が寄せられている。

かくいうわたしも、子どもが小さいときに何度か覗いたことがあった。「子どもが食べない」とか「学校選びをどうするか」とかいう現実的な問題で、ほかの親たちの経験談が読みたかったからだ。しかし、すぐにやめてしまった。いろんな人がいろんな意見を書いていたので、人それぞれなんだな、とわかり、なんとなく逆に安心したからだ。

そのマムズネットの話題が、知人との会話で出てきた。同年代のその女性は、連合いの元同僚のパートナーで、むかしはパーティーなどの集まりでよく一緒になった。久しぶりに共通の知人の葬儀で会い、その後で、女性ばかり数人でパブに行った。

「うちの娘はシングルで子どももいないのに、マムズネット依存症になって大変だったのよ」

と知人の女性が言った。もう一人の葬儀参列者の女性も頷く。

「あー、あのサイトは気をつけないとね」

「どうして気をつけないといけないんですか？」

わたしはそう尋ねてみた。

「鬱になったり、メンタルをやられる人がいるらしいもんね」

「うちの娘もカウンセリングを受けて、ようやくサイトを見なくなった」

二人はそう言って、互いに顔を見合わせている。

「お嬢さん、いまおいくつでしたっけ」

とわたしが尋ねると知人が答えた。

「32歳」

「わー、早いもんですね、よくお会いしてたときは高校生だったのに」

「あれからロンドンの大学に行って、いまは銀行に勤めているの」

30代のシングルの銀行員がマムズネット依存症になり、カウンセリングが必要になる。どういうことだろうと思った。子どもを産んだらどうなるのか知りたくて、好奇心で覗いているうちに子育ての大変さを垣間見て、将来が不安になってしまったとか、そういうことなんだろうか。

「わたしも子どもが小さいときにはマムズネットを見てましたけど、そんなに危ないサイトですかね？」

そうつぶやくと、知人の女性が真顔で言った。

「あなた、リレーションシップの板を見たことある？　ヤバいのはあそこなのよ」

リレーションシップというのは、日本語の定訳だと「関係（性）」になっているが、英国の人たちが「ビジネス」とか「ファミリー」などの言葉を頭につけず、ただ「リレーションシップ」と言うときは、「恋愛関係」を意味していることが多い。

「ヤバいのはあそこ」と言われたので気になり、帰宅してからリレーションシップの掲示板を見てみた。そこにはさまざまなスレッドが立っていて、投稿を一つずつ読んでいると、これにハマる人たちの気持ちがちょっとわかってきた。

なぜなら、そこはドラマや映画なんかより、よっぽど衝撃的なストーリーに満ちているからだ。障碍を持つ子どもの世話をパートナーに押し付け、複数の相手と浮気している男。4人の子どもを残し、有り金をすべて持って若い女性と逃げた夫。夫婦喧嘩をするたびに、首を絞められて殺されそうになる女性。自分の娘と同じ年代の少女をグルーミングしている夫……。

とにかく凄絶だ。かわいらしいイメージの子育てサイトにこういう掲示板が存在しているのがまた怖い。しかし、それらを読んでいるうち、わたしはあることに気づいた。育児に関する掲示板ではいろんな人が多様な経験や意見を投稿しているのに、ここに書かれている「リレーションシップ」は、ぜんぶ同じ関係に見えてくるのだ。ひどい男と虐げられる女。投稿の内容はその構図に貫かれている。

読んだ投稿がすべて実話とは限らないとも思った。でも、実話でなかったとしても、そこには別の闇が広がっている。つまり、男性の育児参加が進んでいるようでいて、やはりその大半を背負わされている女性が多いから、「ひどい男と虐げられる女」の構図ばかりになってしまうのではないか。もちろん、投稿は実話なのかもしれない。DVを受けているなら逃げたほうがいいし、少女をグルーミングしている男がいたら警察に通報したほうがいいが、それができないから掲示板に書いているのかもしれない。だが、これらに虚構が混ざっていたとして、こういう一方的な話を女性たちに書かせる暗いパワーは軽視できるものではない。

前述の知人の娘さんは、この暗いパワーに呑み込まれてしまったのだろう。そのうち自分でも書き込みをするようになり、すべての男性が虐待者のように見える現象が起き始め、外出もままならない状況になったらしい。現在は依存症から回復しているそうだが、うっかり掲示板を覗いたら、再び依存しない自信はないと言っているそうだ。子育てサイトの闇には、毒性がある。

15秒の名声

オランダに行ってきた。ロンドンからアムステルダムまでの飛行時間は1時間ちょっと。つまり、めっちゃ近いので、体調のいい連合いも同行することになった。体調がいいとは言え、あまり疲れさせてもいけないと思い、アムステルダム中央駅のすぐ近くの小さなホテルに泊まることにした。

3日目の朝のことだった。朝食に行こうとすると、廊下に警官が立っていて、カフェの近くのトイレがテープで塞がれている。朝食会場にも、警官が何人も出たり入ったりして物々しい雰囲気だ。

「何かあったのかな……」

「ロビーのほうにも警官がたくさんいたよ」

とか言いながら朝食を終えたのだったが、部屋に帰り際、ついに我慢できなくなったらしい連合いがウエイトレスに尋ねた。

「何があったんですか？」

「逮捕者が出たみたいで」

「宿泊者ですか？」

「さあ……」

彼女も何が起きたかよくわかっていないようだ。そのまま部屋に戻り、身支度をしてホテルから出ようとすると、まだ玄関の外に十数名の警官が立っているのが見えた。

「何があったんですか？」

連合いは懲りずに受付の若い女性に尋ねた。

「指名手配されていた容疑者が、今朝、1階のトイレで逮捕されたんです」

「何の容疑者？」

「シリアルキラーです」

ドラマのような展開に驚いたが、さらにびっくりしたのはホテルの外に出てからだ。中からは警察車両の陰になって見えなかったが、カメラを構えた報道陣が集まっていて、マイクを握った人々がこちらに寄ってくる。

「宿泊しているんですよね。話を聞かせていただけませんか」

「いや、わたしは何も知りませんので」

息子と一緒に下を向いて遠くまで歩き去った。が、一人足りない。

「あれ？　父ちゃんは？」

二人でホテルのほうを振り返れば、連合いが報道陣につかまり、マイクを向けられている。やけに胸を張って、身ぶり手ぶりをつけながらインタビューを受けていたのだ。

「マジかよー」

驚いているわたしのそばで、息子はスマホを出してその模様を撮影し、画像をＳＮＳに流している。

「……これは、いったいどういう状況なんだ」

「え、親父さん、オランダでスターなの？」

などのメッセージが息子の友人から送られてきている。20分程度、あちこちの取材陣にカメラを向けられてしゃべった後で、ようやく連合いがわたしたちのところに戻ってきた。

息子はスマホで情報収集を始めていた。どうやら、ホテルで逮捕された容疑者が起こした事件は、ここ数日ずっとメディアを騒がせていたようで、新聞やニュース番組でもトップで扱われていたらしい。アムステルダム中央駅の監視カメラに映った容疑者の映像が公開され、情報提供者には高額の報奨金提供が発表されていたということだった。

ここからは連合いがテレビ局のリポーターに聞いた話だが、容疑者はホテルにトイレを借りに入ってきたそうで、早朝から修繕工事に来ていた建設業者の従業員の一人にトイレの場所を聞いたのだという。容疑者の顔にピンときたその従業員が通報し、警察官がすぐホテルに駆け付け、トイレで御用になったとのことだった。

それからわれわれは観光に出かけ、夕方になってホテルの部屋に戻ると、テレビで「ついに容疑者逮捕」のニュースをやっていた。受付の女性や、通報した建設業者の従業員のインタビュー映像が流れている。が、連合いは出てこない。あちこちチャンネルを替えてみても、連合いの映像は映らなかった。

「あ、ローカル局のに出てる！」

スマホとにらめっこしていた息子が言った。首都圏のローカル局のサイトに容疑者逮捕のニュース動画が上がっていて、最後のほうに連合いの映像が使われているらしい。

息子がひっくり返って笑っているので、どうしたのかと思っていると、連合いについてのコメントが付いていると言う。英国にドリュー・プリチャードという有名なアンティーク・ディーラーがいるのだが、きっと彼の番組がオランダでも放映されているのだろう。

「ドリュー、アムステルダムにアンティークの買い付けにきていたのかな」

というジョークコメントが付き、いくつも「いいね」が付いていた。

「確かに、ファッションも含め、似てるかも」と爆笑するわたしと息子を横目で見ながら、連合いは自分の映像を何度も再生していた。

「この年になって初めてテレビに出るとは思わなかったな」

と連合いは言った。

「俺、2年前には死ぬって言われてたのに」

確かに、人生、何が起きるかわからない。自分ひとりでもけっこうそうなのに、家族というのはそれを増幅させるもののようである。

フェスティヴ・スピリット

連合いが生粋のコックニー英語をしゃべることは以前にも書いた。本人は「俺の訛りは薄れた」と考えているらしいが、たまにわたしの携帯に自分が残したメッセージを聞いたりすると、自分の訛りにショックを受けるらしく「それは俺じゃない」と言い張る。

そんな独特の訛りを持つコックニー英語には独特の言い回しがあり、ライム（韻）に拘るあたりがちょっとラップに似ている。例えば、「ディッキー・バード」という表現がある。「何どんな種類の鳥なんだ、と思うかもしれないが、これは「ワード」という意味である。「何のディッキー・バードも戻ってきてない」と話す人がいても、その人は伝書鳩か何かの帰りを待っているわけではない。何の言葉（つまり返事）も返ってきていない、ということなのだ。「ルビー・マリー」というのもある。パブを出て「これからルビー・マリーでもどう？」と言われたら、それは別のパブの名前を意味しているのではない。「カリー」を食べに行こうと言われているのだ。

同様のものに、「ミンス・パイ」というのがある。このパイは架空のものではなく、クリスマスの時期に食べる伝統的なお菓子で、ドライフルーツで作ったミンス・ミートと呼ばれる具を中に入れた小さな丸いパイだ。が、なぜかこれが「アイ」という意味になる。「君のかわいいミンス・パイ」と言われたら目を褒められているわけだが、うちの息子は子どもの頃、これがコックニー独自の表現とは知らず、小学校のクリスマス・ランチで両目にミンス・パイを当ててふざけてみたらしいが、まったく笑いがとれなかったと言っていた。

さて、前置きが長くなったが、わたしはいま、そのミンス・パイを大量に作っている。というのも、近所のコミュニティセンターが育児支援のフードバンク(育児に必要なものを無償で提供している)を始め、わたしもそこでボランティアをしているのだが、12月に入ってから訪れる人々に手作りミンス・パイをプレゼントしているのだ。

これぞ「フェスティヴ・スピリット」というやつである。この言葉はコックニー英語でもなんでもなく、クリスマスの時期になると誰もが使う言葉だ。が、日本語の定訳が「お祭り気分」になっているのを知り、多少の違和感をおぼえた。

なぜなら、クリスマスの「フェスティヴ・スピリット」には違う意味もあるように思えるからだ。確かに、職場のクリスマス・パーティーで酔って踊って盛り上がる(物価高のいま、こういう羽振りのいい会社は減っているようだが）のも「フェスティヴ・スピリット」だが、このお祝いの時期にさまざまな事情で苦境に立たされている人々に手を差し伸べることもまた「フェスティヴ・スピリット」だ。

むかし、貧困地域の無料託児所で働いていたことがあった。そこは貧困支援の慈善施設の中にあり、クリスマスの時期になると、地元のスーパーや商店、カフェなどからたくさんミンス・パイの寄付が届いた。寄付には、「あなたたちがフェスティヴ・スピリットで満たされますように」「フェスティヴ・スピリットを分かち合いましょう」というようなカードが必ず添えられていた。

寄付で貰ったミンス・パイは施設の利用者に提供され、残りが少なくなると、託児所の保育士と子どもたちがミンス・パイを作って補充した。食堂のスタッフたちがキッチンの大きなオーブンを使わせてくれたので、一度にたくさん焼くことができた。小さい子どもたちが作るものなので、不格好だったり、具が外にはみ出して焦げていたりしたが、施設に来た大人たちはみんな喜んでそれを食べた。「おいしい」「ありがとう」と言われて、子どもたちは（ものすごい悪ガキでさえ）照れくさそうに笑っていた。わたしにとって、クリスマスの「フェスティヴ・スピリット」とはあの光景そのものだった。

そんなわけで、今年は育児支援フードバンクでもミンス・パイを作って利用者に提供することになり、わたしも調理に参加している。近所のコミュニティセンターにはカフェが併設されていて、スタッフがキッチンの立派なオーブンを使わせてくれる。使わせてくれるだけではなく、そこにはめちゃくちゃ手際のよい若いシェフがいて、いつもパイ作りを手伝ってくれるのだが、彼は子どもの頃に預けられていた託児所でミンス・パイを焼いていたという。日本語で「うま味」とプリントされたエプロンをしたこの金髪の若者は、その託児所で日本人の保育士と遊んでいたそうで、最近また頻繁に会うようになった彼女の仕事ぶりをよく覚えているらしい。

「年末になるとなぜか両目にミンス・パイを当てて、陽気に腰を振って踊ってた」

当時を思い出しながら彼はそう言った。

どうやら、本人は覚えていなくとも、自分の息子とまったく同じことをしていたらしいのだ、その保育士は。

フーテンの猫さん

半年ほど前のことである。居間の窓から前庭を覗いていた連合いが、そこに猫がいるのを発見した。雨に濡れ、しょぼついたその黒猫は、花壇の縁にうずくまっていたそうで、なんとなく外を見た連合いと目が合ったらしい。

人間と目が合ってもびくりとする様子もなく、ふてぶてしいとも、そんなことを気にする余裕もないほど疲れているとも取れる黒猫は、首輪をしておらず、そこはかとなく毛並みもワイルドだ。「これは飼い猫ではない」と直感した連合いは、キッチンに行ってツナ缶を開け、シリアルボウルに入れて前庭に出て行った。

猫はものすごいスピードでそれを平らげてしまったらしく、その猛然たる食べっぷりを見た連合いは、「ビッグ・ジョンみたいだ」と思った。

ビッグ・ジョンというのは、英国でティーンに大人気のティックトッカー（TikTok 動画の投稿者）で、一見どこにでもいそうなスキンヘッドのおっさんだが、デリバリーの中華料理を12品も注文して食べる大食いの人物だ。彼が投稿動画で言う「ボーッシュ！」というキャッチフレーズをうちの息子や友人たちがよく口にしているので、連合いも流行に乗り遅れないよう、こっそり動画をフォローしていたのである。

これ以降、頻繁に黒猫はわが家の前庭に姿を見せるようになり、連合いは「ビッグ・ジョン」と呼ぶようになった。そのうちキャットフードを常備して彼の来訪を待つようになって、昨年の秋、家族で数日オランダに旅行した際など、「彼のことを隣の家に頼んでいこう」と言い出す始末だった。うちで飼ってるわけではないのでそれはちょっとおかしいとは思ったが、連合いは、その頃にはビッグ・ジョンをわが家にお迎えすることを真剣に考えていて、わざとドアを開け放したままホールにキャットフードを置き、家の中に入ってくるよう仕向けたりしていたのだった。

しかし、旅行から帰ってくると、ぱったりビッグ・ジョンは来なくなった。「旅行になんて行かなければよかった。もうこの家では食べさせてもらえないと思って来なくなったんだ」と連合いは悔やんでいたが、そんなある日、息子が深刻な面持ちでスマホを握って2階から下りてきた。近所のコミュニティセンターが、大通りで交通事故にあって死亡した黒猫の話をフェイスブックに投稿していたという。読んでみれば、その黒猫は、近所の小学校に出没して名物猫になっていたのだそうで、物怖じしない性格だったのか近隣の住宅にもどんどん入って行き、いろんな家で食べ物をもらっていたのだという。このあたりの住民の多様性を反映するように、「モハメド」「パブロ」「ミンジュン」など、訪れる家々でさまざまの国際色豊かな名をつけられ、多くの人々に愛された猫だったと書かれていた。

「これビッグ・ジョンのことじゃない？」

息子がそう言うと、連合いは、

「あちこちで食べ物をもらってたのか。どうりで恰幅がよかったわけだ」

と笑っていたが、見る見る瞳がうるんできたので息子とわたしはそっと2階に上がった。

それからクリスマスになり、年が明けて数日後のことだった。居間のブラインドを上げていた連合いが、いきなり血相を変えてキッチンに走って行った。（捨てきれずに取っておいたらしい）キャットフードの缶を開けているので、どうしたのだろうと窓の外に目をやると、丸々とした黒猫が花壇の縁に座っている。

「生きてたんだ、ビッグ・ジョン！」

「大騒ぎするな。久しぶりだから、怖がって逃げるかもしれない」

連合いは玄関を開けて外に出て行き、ビッグ・ジョンから少し離れたところにキャットフードの食器を置いた。ビッグ・ジョンは、初めて来たときと同じようにあっという間にそれを平らげてしまった。

以降、彼はまた定期的にわが家を訪れるようになったが、連合いはもうビッグ・ジョンをうちの猫にする気はなくなったらしい。大通りで亡くなった猫の記事を読んで、考えが変わったというのだ。

「ビッグ・ジョンにも訪ねる家がたくさんあるのかもしれないし、ほかにも名前があるのかもしれない。どこかに留まって飼い猫になるのと、自由に移動してたくさんの人に会うのと、どちらが幸福かは猫が決めることだ」

それを聞いていて、わたしはふと「フーテン」という日本語を思い出した。正月にオンラインで参加する予定になっていた（能登半島地震の報道でキャンセルになった）高橋源一郎さんのラジオ番組に山田洋次監督が出演予定になっていたせいかもしれない。

そんなわけで、すでに複数の名前を持っているかもしれないビッグ・ジョンに、また新たな名が加わった。「寅さん」である。わたしから名前の由来を説明された息子が「フーテン・タイガー」とか「ジョン・アツミ」とか呼び始め、わが家だけでもさらに名前の数は増えているが。

「さよなら！」——あとがきにかえて——

ついさっきまで、日本の家族とスカイプ会談をしていた。日本側はいつものように親父と妹の2人で、英国側は息子とわたし、そして遅れて参加した連合いの3人である。もうすぐ18歳になる息子の日常の話で始まり、連合いの体調の話もした。そして、連合いがなぜか日本の米作りに関心を持っているという話を前回のスカイプで聞いた親父が、米の栽培法を詳細なペン画にして解説したものを見せてくれた。

実家に鏝絵を製作するスペースがなくなった親父は、バンク爺を引退し、北斎ならぬペン斎となって、様々なイラストを描き続けている。

「じいちゃん、もったいないから絶対に捨てるな。そのうち必ず買う人が出てくる」

と息子に言われ、分厚いクリアファイルに作品を入れるようにしているようだが、それももう2冊目になっている。

わたしは相変わらず、家族の通訳として一人で喋りまくり、妹はほとんど喋らず、あいづちを打っているだけだ（彼女がそこにいなければならない理由は、親父一人ではスカイプ接続が心もとないからである）。

考えてみれば、わたしもずっとしゃべりまくっているとは言え、自分のことは何もしゃべらない。だから、妹とわたしはメールで近況を伝え合う。メールでは、「ああは言ってたけど本当は……」「心配させまいとしてたんやろうけど、実はね……」みたいな、スカイプで語られたことの裏話も明かされる。

ブライトン―福岡間の定例スカイプ会談はいつも1時間半ぐらい続く。そんなに長いあいだしゃべっているのに、隠蔽されている事実がある。家族とは、そういうものなのだ。

スカイプ会談の最後には、いつも親父がタブレットで母の遺影を映す。

もう1年が過ぎたのだ。

生前、この遺影の人には泣かされた。向こうもわたしのせいで泣いたかもしれないが、つくづく彼女には泣かされたのだけれども、そのことを書くつもりはない。どんな家族にも裏話があり、それは表に出ている話とは違っているが、裏側にあるものだけが真実とも思わないからだ。

それでも、この本に収められた一篇のエッセイの裏話だけは明かしておきたいと思う。

「カウントダウン」というエッセイの中で、わたしが最後に見た母の姿は、実家の奥の部屋で介護ベッドに横になり、布団からピースサインの片手を出している様子だったことになっている。でも、本当はその後で、部屋を出て行くわたしに彼女が言った言葉があった。

「さよなら！」

と、はっきりした声で母は言ったのである。ぐさりとその言葉が背中に刺さった。これまでの人生で、わたしは何回この人と別れてきただろうと思ったからだ。18歳で家を出たとき、ロンドンやアイルランドと日本を行ったり来たりしていた時期、東京に出たとき、英国に移住したとき。

勢いよく転がり続ける人生には、後に残してくる人が存在するのだ。

「さよなら！」はわたしと母の関係性を象徴する言葉に思えた。そして今回の別れが最後になると直感していたので、タクシーの中で、地下鉄の中で、飛行場で、もう再起不能になったかと思うぐらいわたしは泣いた。マスクをしていた時期だったからまだよかったが、すれ違いざまにぎょっとした顔でこちらを見た人もいた。

ロンドン行きの飛行機に乗り込んでようやく落ち着き、少し眠ることにした。だが、眠りから覚めるとまた思い出してしまい、じんわり涙が出てきたときに、隣に座っていた青年が英語で話しかけてきた。

「席を替わりませんか？」

もう離陸して何時間も経つのに、いまさら何を言い出すんだろうと思って、

「大丈夫です」

と答えた。

「でも、窓際に座ったら……」

としつこく言ってくるので、こっちはそれどころじゃないのに何なんだこいつは、と苛立ち、

「結構ですって言いましたよね。わたしはこの席がいいんです」

と強い調子で断った。すると、青年はちょっと気圧された様子でこちらを見ていたが、

「……でも、オーロラがすごくきれいですから、ちょっと見てみませんか？」

と言う。

あまりに意外な答えだったので言葉を失っていると、彼は微笑しながらすっと立ち上がった。

ロンドンへの便は、ウクライナ戦争でロシア上空を迂回しなければならなくなったため、北極圏を飛ぶようになってオーロラが見られるのだという。

ぼんやりしたまま彼に促されて窓際に座ると、真っ暗な夜の闇にエメラルド色のカーテン

がかかっているのが見えた。

それは彼が言うとおり、本当にきれいな光景だった。

「サンクス」

とオーロラを見ながらわたしは言った。ぶしつけに断ったにも関わらず、それでも席を替わってくれた青年への感謝の言葉だった。だが同時にそれは、最後の最後まで、「行かないで」ではなく「さよなら！」と言ってくれた母への礼でもあった。わたしはこの光景をずっと忘れないだろうと思った。「転がる珠玉」というのは人間のことではなく、むしろわたしたちの日常に転がっているこういうシーンの、一つ一つのことなのかもしれない。


あれももう1年以上も前の話になった。日常は転がり続け、止まらない。

息子は秋になったら家を出て、遠くの大学に行く。連合いは元気になったはずだったが、新しい悪性腫瘍が見つかったのでまた治療が始まる。

始まったものには終わりがあり、何かが終われば始まるものがある。

わたしも「さよなら！」と言い続ける人でありたい。

こんな言葉で家族の話を締めるのはきれいごとかもしれない。だが、きれいごとがいつも嘘とは限らないのだ。

初出
「婦人公論」(2021年4月13日号〜2024年3月号)
「婦人公論.jp」(2022年2月11日〜2024年1月12日)
右記に連載されたエッセイを収録し、加筆・修正しました。

装画　早瀬とび
装幀　田中久子

ブレイディみかこ

1965年福岡市生まれ。ライター・コラムニスト。96年から英国ブライトン在住。2017年『子どもたちの階級闘争——ブロークン・ブリテンの無料託児所から』で第16回新潮ドキュメント賞、19年『ぼくはイエローでホワイトで、ちょっとブルー』で第73回毎日出版文化賞特別賞、第2回Yahoo! ニュース｜本屋大賞 ノンフィクション本大賞、第7回ブクログ大賞（エッセイ・ノンフィクション部門）を受賞。その他の著書に『ワイルドサイドをほっつき歩け——ハマータウンのおっさんたち』『THIS IS JAPAN——英国保育士が見た日本』『他者の靴を履く——アナーキック・エンパシーのすすめ』『ぼくはイエローでホワイトで、ちょっとブルー2』や、小説作品に『両手にトカレフ』『リスペクト——R・E・S・P・E・C・T』『私労働小説 ザ・シット・ジョブ』などがある。

転《ころ》がる珠玉《しゅぎょく》のように

2024年6月25日　初版発行

著　者　ブレイディみかこ
発行者　安部順一
発行所　中央公論新社
〒100-8152　東京都千代田区大手町1-7-1
電話　販売 03-5299-1730　編集 03-5299-1740
URL https://www.chuko.co.jp/

ＤＴＰ　ハンズ・ミケ
印　刷　共同印刷
製　本　小泉製本

Published by CHUOKORON-SHINSHA, INC.
Printed in Japan　ISBN978-4-12-005796-0 C0095